Classical | 经典译文

俄罗斯白银时代诗选

Selected Poems of Silver Age in Russia

【俄】叶赛宁等 ◎ 著
王守仁 ◎ 译

四川文艺出版社

图书在版编目（CIP）数据

俄罗斯白银时代诗选/（俄罗斯）叶赛宁等著；王守仁译.—成都：四川文艺出版社，2017.12
ISBN 978-7-5411-4838-5

Ⅰ.①俄… Ⅱ.①叶… ②王… Ⅲ.①诗集—俄罗斯—近代 Ⅳ.①I512.24

中国版本图书馆CIP数据核字（2017）第309678号

ELUOSI BAIYINSHIDAI SHIXUAN
俄罗斯白银时代诗选
[俄] 叶赛宁 等 著
王守仁 译

责任编辑	程 川　周 轶
封面设计	赵海月
内文设计	史小燕
责任校对	蓝 海
责任印制	喻 辉

出版发行	四川文艺出版社（成都市槐树街2号）
网　　址	www.scwys.com
电　　话	028-86259287（发行部）　028-86259303（编辑部）
传　　真	028-86259306

邮购地址	成都市槐树街2号四川文艺出版社邮购部　610031
排　　版	四川胜翔数码印务设计有限公司
印　　刷	成都东江印务有限公司
成品尺寸	140mm×203mm　1/32
印　　张	12.75　　　　　字　数　260千
版　　次	2018年1月第一版　印　次　2018年1月第一次印刷
书　　号	ISBN 978-7-5411-4838-5
定　　价	49.80元

版权所有·侵权必究。如有质量问题，请与出版社联系更换。028-86259301

目录

叶赛宁

往昔的一切已无法挽回 / 003

夜 / 005

白 桦 / 006

黑麦开始枯萎,燕麦的胚芽不能破土…… / 007

新 雪 / 009

铁 匠 / 010

早 安 / 012

乌云在丛林里勾织起花边…… / 013

稠李树 / 014

狗的颂歌 / 016

母 牛 / 018

乞讨的小姑娘 / 020

在云山后边,在黄土山谷后边…… / 021

蔚蓝的苍穹,七彩的长虹…… / 023

我细看田野，细看蓝天……/ 025

田野已收割，林木已光秃……/ 026

绿波荡漾的发型……/ 027

风啊，风啊，漫卷雪花的风哦……/ 029

噢，天哪，上帝，这个深渊……/ 030

牝马船 / 032

四旬祭 / 038

我不叹惋，不呼唤，不哭泣……/ 043

我不打算欺骗自己……/ 045

无赖汉之恋 / 047

我满怀忧伤地凝视着你……/ 049

黄昏紧皱起黑色的眉毛……/ 051

你跟大家一样，也是个普通女人……/ 053

尽管你已被别人吸干……/ 055

亲爱的，让我们坐在一起……/ 057

你别以冷淡把我折磨……/ 059

莎嘎奈呀我的莎嘎奈！……/ 061

你曾经说起过萨迪……/ 063

给母亲的信 / 065

苏维埃罗斯 / 068

渐渐离去的罗斯 / 074

给一个女人的信 / 080

给外祖父的信 / 086
月儿为什么这样黯淡昏黄…… / 093
别了,巴库!我再也见不到你…… / 095
幽蓝的迷雾,雪原茫茫…… / 096
淡淡的月光令人昏昏沉沉…… / 098
茫茫的雪原,苍白的月亮…… / 100
你不爱我也不怜悯我…… / 101
也许为时已晚,也许还太早…… / 104
再见吧,我的朋友,再见吧…… / 106

古米廖夫

幽　会 / 109

爱 / 111

疑　惑 / 113

姑　娘 / 115

老处女 / 116

野　游 / 118

太阳的嘴唇 / 120

蔚蓝的星 / 121

撒星星的女郎 / 123

梦 / 125

你我拴在同一链条上…… / 127

经过这么多年的颠沛流离……/ 128

迷途的电车 / 130

阿赫玛托娃

我宠爱映在窗上的光……/ 135

也还是那嗓音，也还是那目光……/ 136

当激情炽燃到白热……/ 137

还乡偶拾 / 138

灰眼睛的君主 / 139

火燎似的吹着闷热的风……/ 140

我写下的一串话语……/ 141

丈夫把我抽得遍体鳞伤……/ 143

披着深色的纱笼……/ 144

爱　情 / 145

黧黑的少年侍从……/ 146

对阳光的忆念在心田逐渐淡薄……/ 147

在寥廓的苍穹……/ 148

心同心无法拴在一起……/ 149

门扉半敞着……/ 150

你可想知道……/ 151

仿佛用麦秆你吮吸我的魂魄……/ 152

我像生活在挂钟里的杜鹃……/ 153

我同醉酒的你十分愉快…… / 154
最后一次相见 / 155
短诗一章 / 156
我,一个浪荡女人,来到这里…… / 157
白　夜 / 158
致缪斯 / 159
渔　人 / 161
新月挂上柳梢…… / 163
……那儿是一尊酷肖我的大理石像…… / 164
有个男孩,在吹着悠扬的风笛…… / 165
材料库弥漫着淡淡的烟雾…… / 166
片　断 / 167
我的声音微弱…… / 168
一双双眼睛犹豫地请求宽恕…… / 169
傍　晚 / 170
这儿我们全都是荡妇、醉汉…… / 171
……不见有人下到台阶…… / 172
莫把真正的柔情…… / 174
这座暖房里的鲜花…… / 175
晚饭前已暮色深沉…… / 176
我离弃你那白色的屋宇…… / 177
惊　慌 / 178

郊原闲游 / 180

亲爱的，不要把我的信揉作一团…… / 181

在我乌黑的发辫里…… / 183

我学会了淳朴、贤明地生活…… / 184

失眠症 / 185

威尼斯 / 186

你可知道…… / 187

我柔顺地默默想象…… / 188

我们将不同杯共饮…… / 189

我只有一种微笑…… / 191

我将男友送至前厅…… / 192

被钟情的女郎总有千百种请求…… / 193

每天都滋生新的惊慌…… / 195

追忆的心声 / 196

喔，我知道…… / 197

我望见海关大楼上一面褪了色的小旗…… / 198

替代智慧的是阅历…… / 199

那是一年中的第五个季节…… / 200

叙事诗篇 / 201

在我们经常相会的堤岸上…… / 204

在左侧瞄准射击的地方…… / 205

客　人 / 206

他曾嫉妒、惊慌、温存…… / 208
爱情的回忆啊,你多么沉重!…… / 209
我并不祈求你的情爱…… / 210
冒着朔风和严寒归来…… / 212
独　处 / 213
我到诗人家里做客…… / 214
你怎能眺望涅瓦河…… / 216
海滨公园的石径黑光隐耀…… / 217
我们别再在林中…… / 218
她走到跟前…… / 219
尽管我难得把你梦见…… / 220
严厉的大江边那黑暗的城市…… / 221
回　答 / 222
离　别 / 223
空漠的苍穹宛如透明的玻璃…… / 224
那个声音…… / 225
我最好奋激地唱流行歌谣…… / 226
多少次我诅咒…… / 227
缪斯沿着山径走了…… / 229
如同未婚妻…… / 230
是啊,有那么一块地方…… / 231
我将静静地长眠…… / 232

梦 / 233

1913年12月9日 / 235

语言的新颖和感情的质朴…… / 236

密友中有一张难忘的面容…… / 237

我收敛起笑容…… / 238

我时常梦见冈峦起伏的巴甫洛夫斯克…… / 239

为什么你要佯装…… / 241

我望见…… / 242

同伴们声声呼唤…… / 244

春天到来之前常有这样的日子…… / 245

傍晚的天空宽广、昏黄…… / 246

我不知道你活着或已死亡…… / 247

从你的记忆中我抽出这个日子…… / 248

不是秘密，不是忧伤…… / 249

给心上人 / 250

暗径盘曲…… / 252

五月雪 / 254

一切都引我对他期望…… / 255

当在无比阴森的京都…… / 256

皇村雕像 / 258

鼠曲草干枯、粉红…… / 260

这一会晤谁也没有唱完…… / 261

瞧吧，只我一人独自留下…… / 262

啊，这又是你…… / 264

一切都已丧失…… / 265

我过去和现在多么喜爱…… / 266

又由于微睡而我被赐予…… / 267

我一到那里…… / 269

我的命运就那样改变了吗？…… / 270

仿佛白石沉在井底…… / 272

第一道曙光…… / 273

我没有挂上小小窗帘…… / 274

你现在心情沉重而又沮丧…… / 275

一周来连一句话我也没有向谁说过…… / 277

有个声音呼唤着我…… / 279

黎明时醒来…… / 280

怀着钦敬沉溺于暗中的友情…… / 281

这很简单，这很明显…… / 282

我揣度…… / 283

这些广场多么宽旷…… / 284

我们不能相互分离…… / 285

神秘的春天还懒怠无力…… / 286

别人的俘虏…… / 287

我听见黄鹂那总是悲哀的啼声…… / 288

河水徐缓地顺着山谷流动……/ 289
木桥变得晦暗、弯曲……/ 290
我问布谷鸟……/ 292
要我百依百顺？……/ 293
铁栅栏……/ 294
你没有幸免于难……/ 295
只要我还没有跌倒在篱墙下……/ 296
你那久注的目光使我疲惫……/ 297
诽　谤 / 298
大门敞开……/ 300
丢弃国土任敌人蹂躏的人……/ 301
月亮在湖后静止不动……/ 302
这儿清幽……/ 303
新年颂歌 / 304
给一位艺术家 / 306
这儿是普希金开始流放的地方……/ 307
假如月色恐怖的阴影摇曳……/ 308
从童年起我就钟爱的那座城市……/ 309
我对你隐瞒了心灵的秘密……/ 311
黑戒指的童话 / 312
一些人映照在温柔的目光中……/ 315
庆祝最后的周年纪念吧……/ 316

所有这一切唯有你一人能识破…… / 318

冷酷无情的话语…… / 319

柳　树 / 320

在1940年 / 321

列宁格勒首次远射 / 323

1941年3月的列宁格勒 / 324

誓　言 / 325

死亡之鸟戳在天顶…… / 326

勇　敢 / 327

花园里避弹坑已经挖好…… / 328

而你们，我的响应最后号召的朋友…… / 330

三个秋天 / 331

庄重地同女儿们告别…… / 333

所有亲爱者的灵魂都在高空的星上…… / 334

我迎接第三个春天…… / 335

荒地从右边逶迤…… / 336

从飞机上 / 337

四行诗 / 339

胜　利 / 340

老　师 / 342

追念亡友 / 343

两周年 / 344

五年过去了…… / 345

诗人之死 / 347

海滨十四行诗 / 348

音　乐 / 349

请别以严酷的命运…… / 350

片　断 / 351

夏　园 / 352

三月哀诗 / 354

回　声 / 356

与所有的诺言相反…… / 357

乡　土 / 358

瞧，这硕果累累的秋天！…… / 359

面对一首未寄出的诗 / 360

夜半诗抄（七首） / 361

我走啊…… / 368

土地虽然不是家乡的…… / 369

霍达谢维奇

清　晨 / 372

随　感 / 373

每天我都忙于种种事情…… / 374

沿街心花园 / 375

布伦塔河 / 376

瓶塞儿 / 378

别尔斯科河口 / 379

无论寄托…… / 381

在冬季阴沉沉的天气里…… / 382

开向院子的诸家窗户 / 383

盲　人 / 385

在海滨 / 386

敏斯基

浪 / 389

我是多么地爱你…… / 390

后记 / 392

叶赛宁

谢尔盖·阿列克山德罗维奇·叶赛宁（Сергей Александрович Есенин, 1895—1925），苏联俄罗斯抒情诗人，以描写农村自然景色著称。他生于梁赞省康斯坦丁诺沃村（现名叶赛宁诺村）一个农民家庭，教会师范学校毕业后去到莫斯科。在那里他当过店员和印刷厂里的校对员，参加过苏里科夫文学与音乐小组，并在沙尼亚夫斯基人民大学里就读。叶赛宁1916年应征入伍，1917年二月革命以后离开军队，加入了左翼社会革命党人的战斗队。十月革命爆发后，他满腔热情地表示欢迎。1921年与应邀来苏联的美国著名女舞蹈家伊莎多拉·邓肯结婚，并一起到国内各地巡回演出，后又一起到国外旅行。1924年叶赛宁与邓肯分居。1925年与列夫·托尔斯泰的孙女索菲娅·安德烈耶夫娜结婚。叶赛宁16岁开始写诗，第一本诗集《扫墓日》于1916年出版，其中除优美的风景抒情诗外，也有带神秘主义色彩的宗教题材的诗篇。十月革命后曾创作过歌颂革命与革命领袖的诗，如《同志》（1917）、《宇宙的鼓手》（1918）、《列宁》（1924）、《大地的船长》（1925）等。然而叶赛宁未能从根本上了解革命和苏维埃制度，他期望于革命的是建立"农民的天堂"，有些诗反映出对未来的"机器王国"可能征服农村的忧虑心情。他一度成为意象派诗人。1924—1925年是他创作上新的高涨时期，诗集《俄罗斯与革命》（1925）、《苏维埃俄罗斯》（1925）均渗透着歌颂革命与共产主义建设的思想。

叶赛宁的世界观是矛盾的：虽然歌颂革命，但却没有投身于革命的决心；虽然憧憬崇高的精神境界，但在个人生活中又常常受情感和热情的驱使而不能自拔，终因精神郁悒，带着感情上的极度矛盾而了结了自己的一生。

往昔的一切已无法挽回

我无法挽回那凉爽的一夜,
再也见不到我那心爱的姑娘,
花园里夜莺那支欢快的歌儿,
对于我,竟是再也听不到的绝唱。

那一春夜已飞逝而去,
怎能对它说:"等一等,再来。"
秋天的季节已经来临,
绵绵的细雨淅淅沥沥。

心爱的姑娘正在坟墓里沉睡,
把爱埋藏在自己心中。
即使是深秋的风暴和雨雪,
也无法把它唤醒,使其热血沸腾。

那支夜莺的歌已经沉寂了,
夜莺早已飞向大海的远方,
再也不会有更动听的歌儿,

比起那凉爽之夜的歌唱。

心心相印的喜悦也已飞逝,
当时是生平最初的体味。
而今内心的情感已经冷却,
往昔的一切永远也无法挽回。

1911–1912年

夜

河水静静地打着盹儿,
幽暗的松林不再沙沙作响。
夜莺的歌唱停了下来,
长脚秧鸡不再声嘶力竭地叫嚷。

夜深沉,四周万籁俱寂,
只听得溪水的潺潺声响,
明月用自己的光辉
给周围的一切都披上华丽银装。

河水银波荡漾,
小溪闪烁银光,
被灌溉的草原的青草
也都闪着银色的光芒。

夜深沉,四周万籁俱寂,
大自然的一切都进入梦乡。
明月用自己的光辉
给周围的一切都披上华丽银装。

1911-1912年

白　桦

我家的窗前，
伫立着一棵白桦，
它银装素裹，
披挂一身雪花。

蓬松茸茸的枝头
呈现雪绣的花边，
一串串银穗挂在身上
如洁白的流苏舒展。

默然伫立的白桦，
沉浸在睡梦的寂静中。
而在金色的光辉里，
雪花儿闪烁，亮晶晶。

朝霞，慢条斯理地走来，
围绕着白桦细细打量，
又把银色的光辉
洒到白桦的枝头上。

1913年

黑麦开始枯萎，
燕麦的胚芽不能破土……

黑麦开始枯萎，燕麦的胚芽不能破土，
干旱窒息了播过种的耕地。
村姑们举着神幡前去祈祷，
脚下田垄里留有麦茬痕迹。

教民们在密林旁边集合，
强压难以忍受的忡忡忧心。
瘦弱的教堂执事嘴里咕哝：
"上帝啊，救救你的世人。"

苍天的大门渐渐开启，
助祭以浑厚的嗓音宣布：
"同胞们，让我们再次表示虔诚，
求上帝降雨湿润我们的田亩。"

一群快活的小鸟在爽朗地唱歌，
神父从掌窝里洒下水珠，

叽叽喳喳的喜鹊有如媒婆,
回应这群求雨的香客。

小树林后边泛起浓郁的霞光之雾,
有如浮云麻布在缓慢爬行,
溪水茫然地发出汩汩声响,
流经灌木丛之间的干瘪草茎。

农夫们摘掉头上的便帽,
一边叹息一边祷告:
"庄稼都抽穗了,不算不好,
可都被这干旱的天气毁了。"

乌云像马拉着雪橇,
马套上跳跃着青蓝、抖颤的火苗……
小伙子们都跑到草地上欢呼:
"雨啊,雨啊,快把我们的黑麦浇!"

1914年

新　雪

我纵马前行，雪野寂静，
听得见马蹄的嘚嘚声，
唯有一群灰暗的乌鸦，
在草场那边聒噪不停。

林中的树木正在梦幻中打盹儿，
有如童话，被巫婆使了魔法。
就像扎着洁白的头巾似的，
青松的头顶覆盖着雪花。

这松像一个腰弯背驼的老妇，
躯体靠拐棍支撑，
而在树顶上，有一只啄木鸟，
正在把枯枝啄个不停。

马儿奔驰，旷野广阔无垠，
纷纷扬扬的雪花把披巾编织，
这永无尽头的路途
像飘带似的通往无边那远处。

1914年

铁 匠

晦暗的铁匠铺令人喘不过气，
难以忍受的闷热令人窒息，
刺耳的尖声以及噪音
让人的头脑昏沉不已。

铁匠将身子弯向打铁的铁砧，
不停地挥动两只手臂，
面前溅起一团团闪烁的火星，
仿佛是在把红色的网编织。

他那勇敢而严峻的目光，
闪射出一道星火的彩虹，
如同雄鹰振翅腾飞，
正欲飞向遥远的海空。

锻吧，铁匠，使劲锤打，
任汗水从脸上流淌。
让心灵之火去燃烧，

甩掉痛苦、不幸和忧伤!

让自己的激情也得到锻炼,
打造得像钢铁般坚强,
你就驾驭自己奔放的理想,
飞向那九霄云外的远方……

在那乌云密布的后边,
迈过晦暗岁月的门槛,
便是太阳那强烈的光线,
照射在千里沃野的上面。

那里所有的牧场和田地
都沉浸在白昼的蔚蓝里,
在精心耕作的土地上,
绿色作物正茁壮成长……

以新的力量飞向太阳吧,
在阳光里让自己更亮。
抛开令人厌恶的胆怯,
尽快抛弃那可耻的惊慌。

1914年

早 安

金光灿灿的星星已开始打盹儿,
明镜似的河湾开始颤动。
晨曦映照着小河湾,
也染红了网状的天穹。

睡眼惺忪的小白桦露出了微笑,
披散开缕缕如丝的发辫。
嫩绿的花序瑟瑟有声,
露珠的银光熠熠闪闪。

篱笆旁的荨麻已经长起来了,
用鲜艳珠母贝把自己打扮,
它淘气似的摇晃着脑袋悄声说:
"早晨好啊,祝你早安!"

1914年

乌云在丛林里勾织起花边……

乌云在丛林里勾织起花边,
刺鼻的烟雾已经升腾,
此刻我正远离故乡的林边草地,
驶出了车站,一路泥泞。

树木凝然不动,没有伤感没有叹息,
夜幕像头巾悬浮在松林后边。
欲哭无泪的思绪吞噬着心……
啊,我的故乡,你也愁眉苦脸。

枞树姑娘们都心情郁闷,
我的车夫为提精神,便唱:
"我会死在监狱的牢铺上,
还会被人胡乱埋葬。"

1915年

稠李树

芳香四溢的稠李树,
随着春天的到来繁花似锦,
金灿灿的枝条盘了起来,
宛如鬈发,靠得紧紧。

周身呈现蜜香的露珠儿,
顺着树皮向下蜿蜒,
露水滑出了馥郁绿色痕迹,
银光闪闪,晶晶熠熠。

缎子般光滑的花穗,
露珠如珍珠般灿烂,
就像漂亮女孩耳垂上
闪耀着亮晶晶的耳环。

而旁边,残雪消融的地方,
树与树根部之间的草地,
是一条银光闪闪的小溪

匆匆地奔流不息。

芳香四溢的稠李树，默然站立，
向四方伸展开自己的枝条手臂，
而泛着金光的绿叶
仿佛在阳光之下燃烧自己。

溪水溅起的浪花，
抛洒在稠李的枝条上，
就在陡坡之下
它悄声为稠李树歌唱。

1915年

狗的颂歌[1]

早上,在黑麦秆搭的狗窝里,
破草席上闪着金光:
母狗生下了一窝狗崽——
七条小狗,茸毛棕黄。

她不停地亲吻着子女,
直到黄昏还在给他们舔洗,
在她温暖的肚皮底下
雪花儿融成了水滴。

晚上,雄鸡蹲上了
暖和的炉台,
愁眉不展的主人走来,
把七条小狗装进了麻袋。

母狗在起伏的雪地上奔跑,

---

[1] 高尔基对这首诗以及叶赛宁的抒情才能给予了很高的评价。

追踪主人的足迹。
她来到尚未冰封的水面,
凝视着泛起的涟漪。

她舔着两肋的汗水,
踉跄地返回家来,
茅屋上空的弯月,
她以为是自己的一只狗崽。

仰望着朦胧的夜空,
她发出了哀伤的吠声,
淡淡的月牙儿溜走了,
躲到山冈背后的田野之中。

于是她沉默了,仿佛挨了石头,
仿佛听到奚落的话语,
滴滴泪水流了出来,
宛如颗颗金星落进了雪地。

1915年

母　牛

老态龙钟，牙齿已经脱落，
双角上旋着一圈圈岁月的印记。
在年复一年翻耕的田野上，
粗暴的主人曾抽打它的背脊。

内心不喜欢喧嚣，
老鼠却在角落里骚扰。
想起那只白蹄的初生犊，
母牛陷入了揪心的苦恼。

不把婴儿交给母亲，
生育的喜悦便毫无意义。
母牛被拴在白杨下的木桩上，
风反复撩弄它的毛皮。

快了，在荞麦地的清香中，
同儿子的命运一样，
人们会把绳索套在它脖子上，

然后拉它去屠宰场。

双角戳进了泥土,
悲哀,伤心,绝望……
它梦见一片苍白的丛林,
还有一片草儿菁菁的牧场。

1915年

乞讨的小姑娘

小女孩在高宅的窗下哭泣,
里面传出的却是银铃般欢声笑语。
小姑娘哭着,肃杀的秋风吹得她发抖,
她用冻僵的小手抹着脸上的泪滴。

她满面泪水,乞讨一小块面包,
屈辱和不安使她变得细声细气。
可宅里取乐的喧闹淹没了这话音,
小姑娘站着,在嬉戏声中哭泣。

1915年

在云山后边,在黄土山谷后边……

在云山后边,在黄土山谷后边,
延伸着一条乡村小路。
我看见森林和落日的光焰,
看见篱笆全身都被荨麻缠住。

那边,在教堂的圆顶之上,
一清早就泛起天空微粒的蓝光,
湖面上吹过来的湿润微风,
似乎让路边的小草丁零有声。

不是由于歌唱沃野的春天之歌,
我才珍爱这绿色广阔平原,
如同仙鹤满怀忧愁,
我爱上了坐落高山的修道寺院。

每天傍晚,当蓝天渐渐晦暗,
晚霞在桥头悬挂,
我可怜的朝圣者,你就走来

躬身祈祷爱情,亲吻十字架。

修道士有一颗善良的心,充满了温情,
可要倾听和记住他祷告的内容,不能含混。
请你在救世主面前也为我祷告,
为我这不可救药的灵魂。

            1916年

蔚蓝的苍穹，七彩的长虹……

蔚蓝的苍穹，七彩的长虹，
广阔的草原，渐行远去，
赏心悦目的村庄，炊烟袅袅，
围栅上仿佛在举办乌鸦的婚礼。

我又望见那熟悉的悬崖，
那泛红的黏土，那柳树的枝杈，
棕色的燕麦在湖水上方遐想，
弥漫着野菊的芬芳，胡蜂的蜜香。

故乡啊！亲爱的罗斯和摩尔多瓦人啊！
你依然靠愚昧的寓言故事生存，
在天使羽翼的温情呵护下
无名死者坟前的十字架也发出了声音。

祖国啊，多少人为了你的容貌，
在潮湿的矿井下受过煎熬。
那气势汹汹的恶人为数不少，

妄想把你胸前的浆果咬掉。

我坚信一点：那将无法生存，
如果不喜欢设有拘留所和监狱……
真理永恒，森林有声，
即使伴有镣铐之音，也振奋人心。

1916年

我细看田野,细看蓝天……

我细看田野,细看蓝天,
田间和青空都有天堂。
又是已收割下来的一垛垛庄稼
布满了我那尚未秋耕的故土家乡。

又是那原始丛林里,
牛羊成群,处处可见。
来自绿色山巅的一条小溪
潺潺有声,金光闪闪。

啊,我知道,我坚信,
为解救绝望农夫的苦难,
才有人把救命的乳汁
倒给双手捧接的庄稼汉。

1916年

田野已收割,林木已光秃……

田野已收割,林木已光秃,
迷雾和潮湿在水面留守。
那火轮似的夕阳,
已滚落在苍山的背后。

松软的道路迷迷糊糊,
它今天仿佛是异想天开:
等待,只要多少有点耐心,
那苍发的寒冬老人就会到来。

哎,昨天在喧嚣的丛林中,
我自己岂不也透过迷雾看到,
那马驹似的棕色月亮,
正拉着我们的雪橇驰骋。

1917年

绿波荡漾的发型……

绿波荡漾的发型,
少女般的酥胸,
啊,苗条的小白桦,
你面对池塘寻找谁的身影?

风儿对你耳语什么?
尘沙为什么也悄声细语?
莫非你想摘下弯月当梳子,
好把你绿枝绿叶的发辫来梳理?

敞开吧,快对我敞开秘密,
敞开你那木质思想的谜底,
我早已深深地爱上了,
你那秋前郁郁寡欢的絮语。

于是,小白桦回答我:
"啊,你这好奇的朋友,
有一个牧人在这儿流过眼泪,

如今，泪珠成为夜空的星斗。

"月亮铺开了树荫床铺，
草木都露出了笑意，
牧人抱起我赤裸的双膝，
把我紧紧拥在怀里。

"就这样，牧人深深地叹了口气，
在树叶簌簌声中说道：
'再见了，我心爱的，
只等来年雁群飞来了。'"

1918年

风啊,风啊,漫卷雪花的风哦……

风啊,风啊,漫卷雪花的风哦……
请你们看到过去的我。
我想成为一位阳光少年,
我想成为点缀草地的小花一朵。

我多想在牧人笛声的伴奏下,
为个人也为大家而牺牲自己。
黄昏落雪,满天飞舞,
如同繁星铃声缭绕耳际。

牧笛的颤音清脆爽朗,何其动听,
当它在风雪中化解痛苦。
我多想如金鸡独立,站在路边,
变成一棵挺拔的大树。

我多想在马的鼻息声中,
跟身旁的灌木一起拥抱,
月光爪子,请你们用水桶,
把我的忧愁打捞到天国去。

1919年

噢,天哪,上帝,这个深渊……

噢,天哪,上帝,这个深渊
就是你蓝幽幽的肚皮。
金色的太阳宛如肚脐,
它把目光投向里海嘴里。

你用钩子把星星的光辉编成线,
你在我们后面跟踪,
你把白昼当成捕鱼笼
抛进湖泊眼睛的瞳孔。

但是鲇鱼不会游进
渔夫那小小的鱼笼,
霞光无法用拖网
把我拖进你那寂静的家中。

你到大地上来吧,不用穿衬裤,
你尽可激溅浪花,在纵深里嬉戏,
你把东方当作滚开的墨汁

浇向我们的肉体。

火焰的嘴巴
把人的热情和羞耻吹得沸腾。
带我走吧,像带鸽子那样,
到你那蓝色丛林的隐遁所中。

1919年

牝马船[1]

一

如果狼对着星空哀号,
那就意味着天空已被乌云饱餐。
尽是被撕破的母马肚皮,
尽是乌鸦扬起的黑色风帆。

碧空不愿从那暴风雪过后
透过咳出的污物把利爪伸展;
不愿在风暴的呼啸声中
去笼罩金针叶似的骷髅园。

听见了吗?听见那铮铮有声的敲击吗?
这是霞光耙子正在给密林耙梳。
您把被砍下的臂膀当作双桨,
便可划进那未来的国度。

---

[1] 这是一首采用意象派手法、曾被视为"反苏维埃"的诗作。

快划,往上划!
从彩虹那里飘来乌鸦的聒噪!
那白皙躯干的大树,必会
把我脑袋上的金发枯叶抖掉。

二

田野,田野啊,你在呼唤谁?
莫非是我在做快活的梦——
黑麦有如一队蓝箭骑兵,
飞速超越森林和村镇。

不,不是黑麦!是严寒在横扫原野,
门户敞开,窗子全破碎,
就连太阳也快冻僵了,
像骟马踩出来的一汪水。

这是谁啊!我的罗斯,你是谁啊?谁?
是谁用长柄勺把脏水泼向你的雪地?
在条条大路上,霞光如狗,
用饥饿的嘴吮吸着祖居故里。

他们不需要逃往"那边"——
在这儿,和人们挤在一起暖和岂不更好!
上帝让母狼有了狼崽,
人则把母狼的崽子吃掉。

三

哦,在这横尸遍野血光返照之下,
该去歌唱谁呢,该去歌颂谁呢?
瞧瞧吧:女人的肚脐那里,
第三只眼睛正在瞠目哩。

正是它!爬出来了,看上去像月亮,
它未必看得见这血肉模糊的尸骨,
显然,是我在嘲弄自己,
是我在歌唱那绝妙的陌生女郎。

其他的又在哪里?还有十一个
乳房般点燃的灯盏又在哪里?
假如你,诗人,想要结婚,
那就娶羊圈里的绵羊为妻。

你就用麦秸和毛皮进圣餐吧,
就让小曲儿把歌词的蜡烛燃起。
从白桦那棕色的手臂上,
凶狠的十月把宝石戒指抛洒满地。

四

野兽,野兽们,你们来我这里,
往我手中的酒杯里发泄怨恨!
岂不到了这种时辰——月亮
不再舔食天空的白云?

母狗姐妹,公狗兄弟,
我跟你们一样,受到排挤。
我不需要母马轮船,
也不需要乌鸦风帆。

假如饿鬼从断垣残壁上,
跳下来揪住我的头发,——
那我自己先吃掉我的半条腿,
剩下的半条交给你们去咂巴。

我不会随波逐流,哪儿也不去,
宁肯跟你们在一起断气,
也不会从故乡土地上捡起石头
朝那发了疯的亲人扔去。

五

我会歌唱的,我还会歌唱!
我既不欺负野兔,也不欺负山羊。
既然能为什么事儿伤心不已,
为其微微一笑似也无妨。

我们大家都随身带有开心的苹果,
而抢劫的哨音却逼近了我们。
秋天这位聪明的园丁,
将把我头上的金发枯叶打扫干净。

只有一条路通往霞光满园,
十月的风将把丛林吞食殆尽。
诗人来到这个世界,
只为认识一切,不带任何私心。

他来了,吻吻母牛,
悉心谛听燕麦的瑟瑟声。
诗的镰刀啊,更深一层挥割吧!
太阳的光束啊,洒下稠李花吧!

1919年

四旬祭

——献给A.马里延戈夫

一

响起来了,死亡的号角已经吹响!
怎么办呢,现在我们该怎么办,
在路途这污秽不堪的大腿上?

你们这些对诗歌吹毛求疵的人,
是否又想要……

那阿谀奉承的嘴脸,你只好忍耐,
无论喜欢不喜欢,都得领受。
好在黄昏的暮色前来调皮捣蛋,
不停地抽打我们肥硕的屁股,
用晚霞那把染满鲜血的扫帚。

霜冻很快就会传达寒冷的信息,
染白那边的村镇和这里的草地。

你们哪里也躲避不了毁灭,
你们哪里也逃离不了入侵之敌。
瞧它,此刻挺着铁的肚皮,
将铁掌向平原的喉咙伸去。

年久的风磨竖起了耳朵,
早已捕捉到磨面的嗅觉,
院子里一向沉默不语的公牛
脑子里所想的都在母牛身上,
它在拴牛桩上摩擦舌头,
预感到不幸笼罩在这个地方。

二

啊,村外莫非就因为如此,
手风琴才这般哭诉衷肠:
一串串悲哀凄切的乐音
缭绕在白色的窗台之上。
枯黄的秋风莫非就因为如此
才让蓝天泛起涟漪,
把败叶从枫树上扫落下来,
仿佛是在用刷子将马身梳理。

这可怕的使者在行进，行进，
无情践踏，用丛林笨重的脚掌，
伴着麦秸丛中青蛙的鼓噪
歌声更令人情绪低落，无限惆怅。
啊，朝阳时代的电力，
默然连接一起的皮带和铁管，
宛如钢铁寒热病袭来，
害得农舍的木肚皮不停地震颤！

三

你们可曾见过，
匍匐在铁爪上的火车，
被湖沼的雾气笼罩，
怎样呼哧着铁鼻孔
在草原上迅跑？

而在火车后边，
就像节日赛马决赛的场面：
一匹红鬃马驹，
沿着一望无际的草原，
伸着细腿飞奔，猛扑向前？

唉,这可爱的,可爱又可笑的小傻瓜,
它哪能,哪能赶得上啊?!
莫非它不知道:钢身的铁马
已经战胜了活马?
莫非它不知道,在前景渺茫的草原上,
它的奔跑挽回不了往昔的时光?

想当年佩切涅格人[1]为换一匹骏马,
宁愿让出草原上两个俄罗斯女郎?
如今是另一种命运主宰着我们的湖区——
被铁的摩擦声唤醒,在市场上进行交易:
人们买一辆蒸汽机车,
竟付出千百普特马肉和马皮。

四

见鬼去吧,你这可恶的不速之客!
我们的歌永远不会跟你合调。
只可惜童年时代没能把你淹死,

---

[1] 东南欧突厥系的古民族。

如同把水桶沉到井底。
而今这些水桶堂而皇之地站着,望着,
在铁皮般亲吻中染红嘴巴,——
不过我,像诵经士那样,
依然会为祖国歌唱,唱那"哈利路亚"[1]。

怪不得在九月阴雨连绵的季节,
花楸果要将自己的脑袋
往篱笆上撞,直到滴血,
乃至落进干而冰冷的泥土胸怀。
怪不得莫名的愁肠会油然而生,
钻进嘹亮手风琴有节奏的滑音。
浑身散发着麦秸味的那个农民,
把杯中的烈酒一饮而尽。

1920年

---

[1] 宗教里赞美上帝之颂歌。

我不叹惋,不呼唤,不哭泣……

我不叹惋,不呼唤,不哭泣,
如同苹果树花开花落,一切都会消逝,
我不会再有青春年华,
整个身心都充满金色的倦意。

心已被侵袭,经受过寒冷,
此时你已不再那么激越怦然,
印有白桦图案似的国家,
也不再吸引我赤脚游手好闲。

流浪汉神气!你越来越少地
煽动我倾吐炽烈激情,
啊,我那失却的青春朝气,
愤慨的眼神,情感潮涌!

就欲望来说,如今我很少希冀什么,
生活啊,莫非你真是我梦中的情景?
仿佛在那欣欣向荣的初春,

我骑在红鬃烈马的背上驰骋。

在这个世界上我们大家都会消失,
如枫树上悄然飘落叶片铜币……
但愿你永远幸福如意,
即使是风华正茂,抑或面临死期。

1921年

我不打算欺骗自己……

我不打算欺骗自己，
迷惘的心充满的是忧虑。
为什么我背上谎话连篇的丑闻？
为什么盛传我是惹是生非的人？

我不是恶人，没打劫于绿林，
没去枪杀狱中不幸的人们。
充其量我是个街头浪子而已，
对碰见的人总是笑脸相迎。

我成为莫斯科小有恶名的浪荡子，
特维尔街区我可说十分熟悉，
街头巷尾的每一条狗，
都能辨别出我来去的步履。

每一匹疲惫不堪的老马，
遇到我都会点头示意，
对动物来说，我是好朋友，

每一诗句都能去除它们心灵的痼疾。

并非为取悦女人我才戴高筒礼帽,我心不能在愚
　　蠢的激情里沉湎,
戴着它是为减少自己的忧伤,
用燕麦这黄金喂马也更方便。

在人们中间我已找不到友情,
我只好归顺于另一个王国,
我准备把自己最好的领带,
挂上这儿每一条公狗的脖颈。

如今我已不再忧心忡忡,
迷惘的心境也豁然开朗,
因此我才背上谎话连篇的丑闻,
因此我才有这惹是生非的名声。

1922年

无赖汉之恋

淡蓝的火焰越来越旺,
遥远的家乡已被遗忘。
我第一次歌唱爱情,
第一次远离打架斗殴的地方。

过去的我,全然如一座荒芜的花园,
痴迷女人,恋色而又贪杯,
如今我不喜欢暴饮和街舞,
不愿把自己的生命一味地浪费。

我只希望能凝视着你,
看见你眼睛里金棕色的深潭。
哪怕你不喜欢我的过去,
也别为此而去亲近别人。

款款的脚步,苗条的身躯,
但愿你能以执着的心了解,
一个无赖汉多么温顺,

一个无赖汉多么会爱。

我宁愿把小酒馆置诸脑后,
不再写什么诗篇也罢,
只要能触及你的手臂,
还有你那金秋色的头发。

我愿永远跟随着你,
去异国地域,去远离的故乡……
我第一次歌唱爱情,
第一次远离打架斗殴的地方。

1923年

我满怀忧伤地凝视着你……

我满怀忧伤地凝视着你,
多么痛苦,多么惋惜!
须知,只有那铜色的柳枝
跟你我同留在九月里。

别人的嘴唇带走了你的温暖,
带走了你躯体的战栗。
变得麻木的心灵
仿佛淋浇着绵绵细雨。

唉,说什么呢!我不觉得可怕,
另一种喜悦展现在我的面前。
须知,别的什么都没剩下,
周围尽是潮湿和黄色的腐烂。

要知道,就连自己我也没珍惜过,
一心为平静生活,为微笑生活,
走过的路是那么少,

犯过的错误却如此之多。

可笑的生活，无谓的纷争，
曾经有过，日后还会发生。
这花园有如墓地坟场，
瘦骨嶙峋的白桦立在这里。

我们也会这样凋谢，
像花园里的过客，喧闹一阵……
既然冬天里没有花朵，
那就不必为它们伤心。

1923年

黄昏紧皱起黑色的眉毛……

黄昏紧皱起黑色的眉毛。
院外停留着某些主人的马匹。
莫非是昨天我在酒中饮尽了青春?
莫非是昨天我才不再爱你?

三驾马车来得太迟,马儿莫打响鼻!
我们的生命不留痕迹地飞逝而去。
也许,医院里的病床
会让我从此得到永久安息。

也许,明天疾病就能根治,
我走出医院,完全是另一种模样。
如同健康人那样生活,
听听雨声以及稠李的歌唱。

我会忘掉种种黑暗势力,
他们曾摧残过我,欲置死地,
可爱的身影! 可亲的面孔!

只有你一人不会被我忘记。

即使我爱上了另一位姑娘,
亲爱的,我也会对她讲起你,
我会告诉那未来的恋人,
我曾经把你唤作亲爱的。

我会讲述我们有过的过去,
生活流逝却没有成为陈迹……
可是你,我勇敢的带头人啊,
最终竟把我置于何种境地?

1923年

你跟大家一样，
也是个普通女人……

你跟大家一样，也是个普通女人，
如同千千万万俄罗斯妇女。
你见过喷薄升腾的黎明，
你知道蓝色秋天的凉意。

我的心如此可笑地痴迷，
头脑里尽是愚蠢的胡思乱想，
梁赞各地小教堂里挂着的
正是你那圣像般严肃面容的画像。

过去，我曾唾弃过这些圣像，
崇尚粗野和浪子的叫嚷，
而今，最温柔的轻歌曼语，
猛然涌出于我的心房。

躯体需要的东西太多了，
我不想飞向那深邃的苍穹。

有如八月里的凉风拂面，
你的名字何以如此动听？

我不是乞丐，不可怜也不幼稚，
激辩中我能听出话里的含义；
从小我心里就明明白白，
草原上的公马对母马的情谊。

正因为如此，为了他，为了你，
也为这个女人，我未能自我保护。
诗人那疯狂似的内心所埋下的，
恰恰是没有欢乐的幸福。

我像枯萎的叶片凄然凋零，
仿佛针对那些斜视的眼睛……
你跟大家一样，也是个普通女人，
如同千千万万俄罗斯妇女。

1923年

尽管你已被别人吸干……

尽管你已被别人吸干,
可是毕竟给我留下,留下了
你发间透明的烟雾,
你眼睛里深秋式的疲劳。

哦,如秋季之年龄!对于我,
比起青春和夏季,这更贵重,
你变得更加令人喜欢,
在诗人想象丰富的幻想之中。

我的心从来不说谎言,
所以我才会大言不惭,
敢理直气壮地宣称,
我正在摆脱耍混,洗心革面。

是时候了,该与惹是生非诀别了,
别提那胆大包天和桀骜不驯,
内心已充满新的血液,

令我清醒,令我振奋。

九月用泛红的柳枝,
频频敲打我的小窗,
让我准备好迎接它
前来做简单地造访。

如今我跟许多人都握手言和。
不损失什么,也不勉强,
我觉得俄罗斯完全变了,
墓地和木屋也变了模样。

我环顾四周,透彻地看到
那里,这里,不管是哪里,
唯有你,既是妹妹又是朋友,
能够成为诗人的伴侣。

最好是我只对你一个人唱,
唱那永远也唱不完的歌,
只唱旅途那黄昏暮色,
还有我怎样从无赖行为中摆脱。

1923年

亲爱的，
让我们坐在一起……

亲爱的，让我们坐在一起，
相互凝视对方的眼睛。
我渴望在温柔的目光下
谛听那暴风雪似的激情涌动。

这是秋天的黄金果实，
这有点泛白的头发一缕，
对一个没有安宁的浪子来说，
简直就等于把生命拯救。

我早就离开了自己的故乡，
那里青翠苍绿，草原茂盛。
可在城市这苦涩的荣誉里，
却想虚度这潦倒的人生。

我可真想让心儿默然回忆，
记起那里的花园，那里的夏天，

当年在青蛙鼓噪的音乐声中,
我成长为一个诗人少年。

如今那里还是这样的秋天……
枫树和椴树的枝杈延伸,
像爪子似的伸向窗前,
寻找记忆中的那些故人。

逝者早已不在人世。
月光照射在墓地的十字架上,
这是普通的乡村墓地与坟场,
作为客人,我们也必将前去造访。

我们这些人,饱经沧桑,
也将从浓枝簇叶之下跨越。
所有起伏不平的坎坷道路,
都只为生者倾注喜悦。

亲爱的,让我们坐在一起,
相互凝视对方的眼睛,
我渴望在温柔的目光下,
谛听那暴风雪似的激情涌动。

1923年

你别以冷淡把我折磨……

你别以冷淡把我折磨,
也别问我多大年龄,
我患有严重的癫痫症,
酷似骷髅,已成为幽灵。

当年,住在城郊的时候,
我曾像孩童般想入非非,
希望将来会富有,会成名,
也给大家留下好的口碑。

是的!我富了,很阔气。
高筒礼帽也有过,得而复失,
如今只剩下一件胸衣,
还有一双时髦的鞋套,一如敝屣。

我的名气也不算小,——
从莫斯科直到巴黎聚居的贫民,
我的名字本身就会引起恐惧,

仿佛用粗野的脏话骂人。

而爱情呢,岂不是可笑的事情?
你亲吻,嘴唇却像铁皮一样硬。
我知道,我的感情之果已经熟透,
而你的感情之花未开,无动于衷。

现在就让我痛苦,为时尚早,
不过,如果有了忧伤,也不是坏事!
欣欣向荣的滨藜簌簌作响,
丘冈熠熠闪光,赛过你发辫的金色。

我多想再回到那里去,
倾听欣欣向荣的滨藜声响,
永远沉浸在神秘的向往里,
像少年时代那样充满幻想。

不过,我幻想的是另外的新鲜事儿,
土地和青草自然不懂,
内心无法用语言表达,
谁也叫不出它的名称。

1923年

莎嘎奈呀我的莎嘎奈!……

莎嘎奈呀我的莎嘎奈!
莫非就因为我来自北方,
才想对你讲一讲田野,
讲月光之下燕麦田泛起波浪。
莎嘎奈呀我的莎嘎奈。

莫非就因为我来自北方,
才觉得那儿的月亮百倍明亮,
无论色拉子有多么美
也比不上梁赞那千里沃野,
莫非就因为我来自北方。

这会儿我想对你讲一讲田野,
我这鬈发,是从燕麦那儿弄来,
你愿意的话,尽可缠绕在手指上,
我不会感到一丁点儿疼痛。
那田野,这会儿我想对你讲一讲。

凭我这蓬松的鬈发你去想象,
月光之下燕麦田泛起波浪,
开玩笑,亲爱的,一笑了之,
可别勾起我的回忆,
想那月光之下燕麦田里波浪泛起。

莎嘎奈呀我的莎嘎奈!
北方那儿也有一位姑娘。
可说她跟你一模一样,
也许这时她正在想我……
莎嘎奈呀我的莎嘎奈。

1924年

你曾经说起过萨迪[1]……

你曾经说起过萨迪,
要吻只吻胸前,
看在上帝的分上,且慢,
我也能学会这样,总有一天。

"在幼发拉底河彼岸",你唱,
"玫瑰比绝色美人儿还漂亮。"
如果我是个富翁的话,
一定会谱写一支新曲儿来唱。

那我会把这些玫瑰统统剪掉,
因为只有一点让我堪称欣慰——
世上没有任何东西
会比我心爱的莎嘎奈更美。

你别用传统古训来折磨我,

---

[1] 萨迪(约1203-1292),中世纪波斯著名诗人。

我可不想知道古训说什么,
既然我生来就是诗人,
那就按诗人的方式接吻。

1924年

给母亲的信

你好吗,我的老妈妈?
我活得还行,正问候你呐!
就让薄暮时分那奇妙的流光
依然在你的小屋上空徜徉。

有些来信告诉我,说你惴惴不安,
为了我而满怀愁肠,
说你经常在路上走来走去,
总是把那破旧的外套裹在身上。

说你在黄昏时分幽蓝的晦暗里,
常常看到同一种景象——
仿佛在小酒馆里的厮打过程中
有人把芬兰刀捅进我的心脏。

没什么,亲爱的妈妈,放心吧。
这只不过是过度牵挂的幻影。
我还不是那么不可救药的酒鬼,

不见你一面就把命送。

我还像从前那样温柔听话。
唯一的心愿清清楚楚：
尽快摆脱思念的忧伤，
回到我们那又低又矮的小屋。

我会回去的，等春天的时候，
咱们白色花园里青枝摇摆，
只是你别像八年前那样，
一清早就唤我醒来。

别再提起过去的什么愿望，
别再为理想没能实现而痛心，
生活让我过早地体味到
身心疲惫和虚度光阴。

还有，别教我祈祷，没必要！
回到过去是不可能了。
只有你才是我精神支柱和喜悦，
只有你才是我难以形容的光亮。

你就忘掉满怀的愁肠吧，
别再为我而一味地忧愁，
别再身裹那又破又旧的外套
还那么经常沿路来回地走。

            1924年

苏维埃罗斯
——致阿·萨哈罗夫

那场风暴已经过去了,我们所剩无几。
知心朋友之中,不少人都已死去。
我又回到曾经离弃的故里,
打从我背井离乡已八年有余。

我能招呼谁?至今,我还活着,
这一凄凉的喜讯,能跟谁分享呢?
这里就连风车都仿佛闭着眼睛,
像只剩一只翅膀的呆鸟默然伫立。

这里谁也不认识我了,
那些曾记得我的人,也早已忘记。
曾经是父辈祖居之地,
如今尽是灰烬和路边沉积的垃圾。

而生活却热火朝天,
老者也好,年轻人也罢,

都在我周围来来去去。
然而,没有一个人对我脱帽致礼,
在任何人的眼神里我都找不到暖意。

此刻万千思绪在我脑海里泛起:
家乡究竟怎么啦?
难道这一切真的是梦境?
这里,几乎所有人都觉得我郁闷,
更不知是哪个遥远国度的游人。

可这个游人就是我!
我,一个小村庄的公民,
这小村庄之所以如此闻名
仅仅因为一位农妇当初生下了
一个惹是生非的俄罗斯诗人。

然而,理性的声音对心灵说:
"清醒清醒!有什么可抱怨?
要知道,这不过是另一代人
在老屋旁边点燃除旧迎新的光明火焰。

你已经有点过时了,

新的青年唱的是新的歌儿,
大概人们更感兴趣的正是他们,——
不是把村庄,而是把大地视为母亲。"

啊,祖国,我竟变得如此可笑!
瘦削的面颊上掠过一丝羞涩的红晕。
同胞的话语,我觉得陌生,
在自己的祖国,我似乎变成了外国人。

眼前,我岂不就看见:
村民们,在礼拜天,
有如去教堂,聚集在乡政府门前。
七嘴八舌,脏话污秽不堪,
尽说各自家里的"柴米油盐"。
已近黄昏。夕阳的余晖有如稀薄的镀金
尽洒灰暗的原野大地,
白杨树赤裸的长腿扎进水沟的沟帮里,
像牛犊一齐用力顶大门似的。

一个跛脚的红军战士,睡眼惺忪,
皱着眉头沉浸在回忆里,
严肃认真地讲述布琼尼,

讲述红军怎样夺回佩列科普的土地。

"我们把盘踞在克里米亚的
资产阶级,狠狠地收拾了一下⋯⋯"
枫树竖起长长的枝条耳朵在听,
农妇们却在寂静的晦暗中赞叹惊讶。

从山上走下一群共青团员,
在手风琴的伴奏下高歌行进,
他们唱的是杰米扬·别德内的宣传鼓动诗,
山谷响彻着他们欢快喊叫的声音。

这就是现在的国家!
我干吗要在诗中去叫喊,
说什么我跟人民站在一起?
这里不再需要我的诗了,
说不定我本人也派不上什么用处。

有什么好说的呢!
别了,我的故乡。
令我欣慰的是,我曾为你效过劳,——
你伤痛时我为你把歌儿唱过,

纵然现今没人再唱我的歌。

一切的一切,我都接受。
现存的一切,我能身体力行。
我会沿着已踩出的脚印行进,
把整个心灵献给十月和五月,
唯独不会交出心爱的竖琴。
我不会把它交到别人手里,
哪怕是母亲,是朋友,是爱妻。
这竖琴只把自己的声音托付给我,
那柔情的歌儿,我是唯一的知音。

年轻人啊,繁花似锦,茁壮成长吧!
你们有新的生活,有另一种歌声。
而我,独自去一个无人知晓的地方,
让激动不安的心永远平静。
不过,即使到了那个时候,
当整个地球上,
民族之间的敌意已消除殆尽,
谎言和忧伤也都不见踪迹,——
　　　我将如同现在的我,
　　　　投入诗人的整个身心

去歌颂简称为"罗斯",
占地球六分之一的祖国大地。

        1924年

渐渐离去的罗斯

虽说列宁的胜利思想哺育了我们,
可很多事情我们依然不够明了,
那些新的歌儿,
我们都按老调调去唱,
就像爷爷奶奶教过我们那样。

朋友啊,朋友!
国家已分裂成何等模样,
沸腾与火热的生活里隐含着多大的忧患!
要知道,也许正因为如此这般,
我自己都想卷起裤腿,
追随共青团跑步向前。

我不指责那些愁眉苦脸的人离去——
怎能够要求老年人
追赶年轻人呢?
他们不过是没被收割的黑麦,
剩下的事情只有枯朽和麦粒掉落下来。

再说我吧,我自己呢,
不年老,也不年轻,
对于时代,简直粪土不如。
莫非就因为如此,小酒馆的吉他之音
才唤回我甜美的梦境?

我心爱的吉他啊,
你响起来吧,响声铮铮!
茨冈女郎啊,你随便弹上一曲,
好让我忘却那乌烟瘴气的岁月——
不知何谓柔情,何谓安宁。

这我可要抱怨苏维埃政权,
内心对它有点埋怨:
在别人为之奋斗的过程中,
我没见到自己的青春有什么光明。
我见到了什么呀?

我见到的是没完没了的打仗,
我听到的不是歌声,
取而代之,是排炮的轰鸣。

莫非正因为如此，我才不顾头发焦黄，
满世界乱闯，直到栽了跟头？

不过，我毕竟是幸福的。
接连而来的暴风雨，
给我留下了不可磨灭的印象。
旋风改变了我的命运，
仿佛穿上了织锦衣裳，熠熠闪亮。

我并不是一个新人！
这有什么可隐瞒？
我的一条腿留在过去，
另一条力图赶上钢铁时代的发展，
我常常滑倒在地。

不过还有另外一些人，
就是那些
更为不幸和被遗忘的人们。
他们好比筛眼里漏下去的秕子，
在种种不理解的事件中沉沦。

我看透了他们，

并且投去一瞥,他们
两眼显得比母牛还悲切。
在人世间种种事业里,他们
周身的血液有如一池死水般难闻。

谁会往这池塘里扔石头?
千万别去碰它!
否则会弥漫恶臭。
这些人将会自行消亡,
就像枯叶落地腐烂那样。

也还有一种人,
他们可说有信仰,
向未来投以怯生生的目光。
他们摸摸后脑勺,再摸摸脑门子,
把新的生活,讲了又讲。

我洗耳恭听。脑海里又浮现:
赤贫的农夫们在胡扯着什么。
"有了苏维埃政权,我们生活有保障……
如今有花布就更好……再少来点铁钉……"

这些大胡子农民的需要可真少,
他们的生活需求,
充其量就是土豆和面包。
我干吗夜夜不睡,骂骂咧咧,
抱怨痛苦、倒霉的命运?

我羡慕的人是,
经历过枪林弹雨,
捍卫过伟大的理想。
而我却断送了自己的青春,
没留下什么值得回忆的东西。

这是多么荒唐!
简直是荒唐极了!
我竟然身处狭窄的夹缝里。
须知,我能做到的,
原本还可以多些,
不是已做到的那点儿,
信手涂鸦,有如儿戏。

我心爱的吉他啊,
你响起来吧,响声铮铮!

茨冈女郎啊,你随便弹上一曲,
好让我忘却那乌烟瘴气的岁月——
不知何谓柔情,何谓安宁。

我知道,苦酒并不能消愁,
看空一切和离群索居,
不能救治心灵的空虚。
我知道,也许正因为如此这般,
我才想卷起裤腿,
追随共青团跑步向前。

1924年

给一个女人的信[1]

您是记得的,
不消说,您什么都记得,
记得我怎样站在那里,
怎样渐渐退向了墙壁,
您激动不已,在房间里走来走去,
冲着我的脸直嚷嚷,
话说得极其严厉。

您反复强调:
我们该分手了,
说我的那种荒诞的生活
实在让您深受折磨,
说您该着手正经的事情,
而我命里注定——
步步下滑,继续堕落。

---

[1] 这是诗人献给前妻拉伊赫(1894-1939)的诗作。

亲爱的!
当时您不曾疼爱过我。
您不知我在那一大帮人中间,
像一匹被大胆骑手驱赶的马,
全身上下直冒热汗。

您不知道,
我身处什么也看不清的烟雾,
生活让风暴弄得天翻地覆,
就因为如此,我极其痛苦,
弄不清厄运会把我们带往何处。

脸贴近脸,
面容难辨。
大事远看才明显。
一旦平静的海面大浪滔天
航船便处境艰险。

我们的地球,有如一艘航船!
为了新的生活,新的曙光,
有一个人猛然
迎着风雪交加与雷雨不停,

威严地拨正了航船的方向。

在这航船的平滑甲板上,我们之中
有谁没跌倒过,没呕吐过,没骂过娘?
可说很少有人凭着自己的丰富经验,
在颠簸中依然显得坚强。

当时的我,
也淹没在惊恐尖叫的混杂声中,
自己的职责,尽管心里清楚,
可我还是下到航船的底舱里,
为的是不看人们的呕吐。

那底舱就是
俄罗斯小酒馆。
我俯身在酒杯上面,
为的是不再为思念谁而痛苦,
只求烂醉如泥,意识不清,
将自身彻底断送。

亲爱的!
我带给您的尽是痛苦,

在您那双疲惫的眼睛里，
总是充满了忧愁；
在您面前我只是做做姿态，
实际上惹是生非，耗尽自己。

可您不知道，
我身处什么也看不清的烟雾，
生活让风暴弄得天翻地覆，
就因为如此，我极其痛苦，
弄不清厄运会把我们带往何处……

而今那样的岁月已成为过去，
我也身处另一种年纪，
无论是思考还是感受都按另一种方式。
节日我总倡议如此祝酒：
赞美和荣誉属于舵手！

今天的我，
已然经受过温柔情感的冲击。
我回想起你那忧愁的倦容。
就在此刻，
我迫不及待地想告诉您，

过去的我是什么样子,
现在的我又是怎样的人。

亲爱的!
我怀着喜悦的心情告诉您:
我避开了坠身于悬崖峭壁。
如今在苏维埃国家里,
作为同路人,我狂热无比。

今非昔比,
我已不是当年的我。
我不会再像从前那样,
带给您尽是折磨。
为了自由,
为了光辉劳动的大旗,
即使徒步走到英吉利海峡我也愿意。

请原谅我……
我知道:您已不是从前的您,
现在您已经和那位颇有名气、
相当聪明的丈夫生活在一起;
我们之间的烦恼,对您已是多余,

就连我本人,
对您来说也不值一提。

在门廊更新的屋檐下,
您就按命运之星的指引,
把生活继续。
向您致敬,
永远把您铭记在心的
一位老相识
  谢尔盖·叶赛宁。

1924年

给外祖父的信

我早已离开
故乡的老住处。
亲爱的外公!
我又在给你写信……
想来,此刻你的窗外
暴风雪正在呼啸,
烟囱里正呜呜不停地喧嚣。

仿佛有上百个魔鬼
爬进了阁楼,
而你整夜都睡不踏实,
腿还不停地哆嗦。
你似乎想起身,
披上自己的上衣,
直奔阁楼那里
用火钩子痛打他们。

这真是异想天开,

幼稚得多么可爱!
怪不得祖姥爷
当年要花三斗燕麦,
送你去找教堂执事,
在那荒无人烟的僻静地方,
教学"启蒙",
从"在天之父"到"信念象征"。

放牧好马大有门道,
主人对马的爱
体现在确保好草好料。
你就扪心自问,
评判一下自己,
岂不也是那样
教过你的这个外孙。

然而,对你的这套说教,
外孙我只是听听罢了,
让你更伤心的是,
外孙去了异国他乡。
在你看来,如今
我是在到处流浪,

脑子里尽在胡编乱造,
写些没用的愚蠢诗章。

你常对我唠叨,
说什么我被别人偷了,
说我简直是傻瓜一个,
而城市本身就是个骗子,花天酒地。
不过,外公啊,
未必那样,未必吧,——
不中用的劣马
小偷才不稀罕呢。

没什么用的马呀,
要赶出院门都难,
可是,如果有人想见见世面,
看看外面那辽阔的原野,
那他肯定会说:
为了不在这死河湾里腐烂,
就应该离开自己的出生之地,
离开自己的家园。

瞧我,岂不离开了家园,

此时正远在天涯。
这里正处春天,
玫瑰花比拳头还大。
我从这遥远的天边,
对着你孤独的命运,
送去玫瑰花温情的敬意。

如今在梁赞,
到处都是暴风雪在呼啸,
而想见见我的心情,
让你火烧火燎。
不过,你可要知道,
无论什么样的雪橇,
要把你拉到这里,
拉到我这儿,是不可能了。

我知道,
你原本会来看看玫瑰花儿,
来这温暖的地方,
就因为一点,事情便不好办了:
你对力气大的火车大马
总是深恶痛绝,又咒又骂,

这就永远无法使你挪动挪动,
随便去哪里看看啦。

假如有一天我呜呼了呢?
你听清楚了,外公,
我说的是,一旦我呜呼了,
那你坐不坐火车,
来参加
我的葬礼,
为我唱最终的挽歌,
唱"哈利路亚"呢?

到那时,我的老外公啊,
你就坐上火车,别流泪,
相信火车,
相信那匹钢铁的马。
那可是千里驹呀,
带蒸汽车头的烈马!
大概是从德国
买回来的呀。

它的那张铁的嘴巴,

习惯于吞火吐烟,
喷出的烟有如马鬃,
浓黑,密实而又形状分明。
如果我们的马
也会有这样的马鬃,
那我们能得多少
各种毛刷和拖把!

我知道,
时间甚至能滴穿石头……
你,我的老外公啊,
将来,总有一天会明白:
哪怕你把最好的马
驾上雪橇,
拉到这天边的
也只能是白骨了……

你会恍然大悟,
我并非无缘无故,
去到那个地方,
那里跑比飞还快哩。
在暴风雪肆虐

而又席卷冲天大火的国度，
一匹不怎么样的劣马
连小偷都不会稀罕。

            1924年

月儿为什么这样黯淡昏黄……

"月儿为什么这样黯淡昏黄,
把灰蒙蒙的光洒向霍拉桑的花园宅墙?
我仿佛走在俄罗斯的原野上
头顶笼罩着簌簌有声的帷帐。"——

亲爱的拉拉,我曾这样问过,
问夜间沉默不语的一棵棵柏树,
它们却一句话也不说,
只顾向天空傲然昂起头颅。

"月儿照射,为什么如此忧伤?"——
我在灌木丛中这样问鲜花,
鲜花说:"瞧那瑟瑟发抖的玫瑰,
从她的悲伤你就能感知呀。"

玫瑰的花瓣凋零飘落,
悄然告诉我一个秘密:
"你的莎嘎奈跟别人相偎相依,

莎嘎奈亲吻的是别人呢。"

还说什么"这俄国人瞧不见的……
心需要歌儿，歌儿则需要生活和肉体……"
就因为这样，月儿照射才那么黯淡昏黄，
就因为这样，月儿才那么苍白悲戚。
焦心、眼泪和痛苦，见过的实在不少，
有的人避不开，有的人躲得了。

不管怎么说，大地上的夜晚，
淡紫色的夜晚，依然那么美好。

1925年

别了,巴库!我再也见不到你……

别了,巴库!我再也见不到你!
此刻心中是悲哀,此刻心中是惊惧。
手按着的心此刻更疼也更近,
我深感"朋友"这个普通词儿的意义。

别了,巴库!别了,这突厥人[1]的蓝天!
热血渐渐冷却,气力渐渐消逝。
可我将把里海的波涛和巴拉罕[2]的五月,
作为幸福,带到坟墓里去。

别了,巴库!别了,像会心的歌儿!
朋友,让我最后一次拥抱你……
愿你能像金色的玫瑰那样,
在丁香花开的迷雾中对我点头示意。

1925年

---

[1] 指阿塞拜疆人。
[2] 巴库的一郊区。

幽蓝的迷雾,雪原茫茫……

幽蓝的迷雾,雪原茫茫……
衬托着淡淡的柠檬色月光。
内心总是怀着一丝乡愁,隐隐作痛,
回想起往昔岁月的什么事情。

台阶前的雪依然如松散的浮沙,
也是在这样的月色里,也是默默无语,
我把猫皮帽子狠狠扣在额头上,
悄然离开自己这祖居。

我再次造访我的故乡。
谁还认得我?谁忘了我?
作为自家老屋的主人,我只能独自悲伤,
酷似一个被逐出门外的不速之客。

我默然揉扯手中的新帽子,
心情不好,貂皮也不称心。
我想起了外公,想起了外婆,

想起了浮雪积存的墓地旧坟。

人生在世,无论努力不努力,
迟早都会离去,去那边安息,
这就是为什么我总想接近世人,
这就是为什么我爱世人会如此之深。

正因为如此,我差点儿哭出声来,
然而,我还是面带微笑,熄灭心灵之光,
仿佛我最后一次看到
门廊那里趴着一只狗的故居老房。

1925年

淡淡的月光令人昏昏沉沉……

淡淡的月光令人昏昏沉沉,
无边的原野也让人烦闷,——
瞧我少年时代这亲眼所见,
可说又爱又恨,而且不止我一人。

走到哪儿路旁都是衰颓的枯柳,
还有大车轱辘的吱呀歌声……
如今我怎么也不会愿意,
什么时候再把那声音谛听。

对茅屋我已变得心态漠然,
对炉灶的火苗也不再迷恋,
就连春天苹果树花儿怒放,
也由于生活贫苦,我不再多看。

现在让我称心的是另一番景象……
在这害肺痨病似的月光之下,
透过坚石和钢铁所建的一切,

我看到了祖国的雄伟强大。

原野辽阔的俄罗斯啊,够啦,
别再让木犁在田地里跋涉耕种,
你那贫穷落后的模样,
就连白桦和白杨也看着心疼。

我不知道自己将会怎样……
也许对新生活已派不上用场,
但无论如何我也希望看到
贫穷的俄罗斯变得钢铁般坚强。

任凭风雪交加,雷雨不停,
我也要谛听那马达的轰鸣,
如今我怎么也不希望
听那老牛破车的吱呀歌声。

1924年

茫茫的雪原，苍白的月亮……

茫茫的雪原，苍白的月亮，
殓衣盖住了我们这块大地。
穿孝的白桦哭遍了树林。
这儿谁死了？谁？莫不是我自己？

1925年

你不爱我也不怜悯我……

你不爱我也不怜悯我,
莫非我不够英俊?
你的手搭在我的肩上,
情欲使你茫然失神。

年轻多情的姑娘,
我既不鲁莽也不温存。
请告诉我,你喜欢过多少人?
记得多少人的手臂?多少人的嘴唇?

我知道,那些已成为过眼云烟,
他们没触及过你的火焰,
你坐过许多人的膝头,
如今竟在我的身边。

你尽管眯起眼睛,
去想念那一位情人,
须知我也沉浸在回忆里,

对你的爱并不算深。

不要把我们的关系视为命运,
它只不过是感情的冲动,
似你我这种萍水相逢,
微微一笑就各奔前程。

诚然,你将走自己的路,
消磨没有欢乐的时辰,
只是不要挑逗天真无邪的童男,
只是不要撩拨他们的童心。

当你同别人在小巷里逗留,
倾吐着甜蜜的话语,
也许我也会在那儿漫步,
重又与你街头相遇。

你会偎依着别人的肩头,
脸儿微微地倾在一旁,
你会小声对我说:"晚上好!"
我回答说:"晚上好,姑娘!"

什么也引不起心的不安,
什么也唤不醒心的激动,——
爱情不可能去了又来,
灰烬不可能再烈火熊熊。

                1925年

也许为时已晚,也许还太早……

也许为时已晚,也许还太早,
多年来我不曾如此思考:
我变得酷似唐璜,
成为轻浮诗人,地地道道。

怎么回事?我到底怎么啦?
每天我都离不开新人的膝头,
每天我都不珍惜自己,
忍受变心的创痛,我不能够。

在温柔而淳朴的情感里,
我总是希望心儿少一些激动,
我能寻找什么呢,在这些轻浮、
虚伪而又空虚的女人眼中?

快拉我一把,我鄙视的目光,
我一向视你为我的特征。
内心沸腾的热血已冷却下来,

淡蓝色的丁香簌簌有声。

内心呈现落日时分柠檬色的暮光,
透过迷雾总能听到同一声音:
情感的放纵会遭报应,
你就接受挑战吧,唐璜!

我心平气和地接受挑战,
于是我看到,两者对于我一模一样——
视暴风雪为五月蓝色的花儿盛开,
把情感的战栗称之为爱。

事情就是如此,我就成了这样,
我之所以离不开许多人的膝头,
就是想让幸福永远对我微笑,
就是想对变心的痛苦拒绝忍受。

1925年

再见吧,我的朋友,
再见吧……

再见吧,我的朋友,再见吧。
你永铭于我心中,亲爱的朋友,
即将到来的永别
意味着我们来世的聚首。

再见吧,我的朋友,不必话别,
不必握手,别难过也别悲戚,——
在这种生活中死去并不新鲜,
可是活着,当然,也不新奇。

1925年

古米廖夫

尼古拉·古米廖夫（1886—1921）在艺术形式和技巧方面的造诣是公认的。他的诗大多形式精美、形象富有动感，语言凝练、音韵铿锵和谐。尤其是他那奇特的比喻，给读者留下的印象极为深刻，如"野兽眼睛似的路灯"（《梦》）、"坐骑宛如带鳞片的装甲"（《老处女》）、"宇宙跟空壳的坚果一样"（《你我拴在同一链条上》）等。在古米廖夫的笔下，象征和隐喻别具一格，其浪漫主义的意象耐人寻味。例如《幽会》一诗，诗人通过对一对情人月下幽会的全过程的抒写，凸现了抒情主人公的心理活动及其炽烈的情感。诗人大胆地以"森林中的野兽"去隐喻情欲，显示出其诗思诗艺的非同凡响。勃留索夫曾高度评价过古米廖夫，说："他的大部分诗歌是用深思熟虑、精雕细刻、响亮而悦耳的词句写成的。"古米廖夫的创作实践则具体体现出他的创作主张和文艺思想："能够唤起爱和恨"的好诗，必须"思想与情感统一"，"缺少前者则最抒情的诗也不过是一具僵尸；而缺少后者，即使史诗般的颂歌也会令人觉得是枯燥乏味的臆造"（《诗的生命》）。

古米廖夫所处的时代是暴风雨席卷大地和摧枯拉朽的大转折大变革的时代。这样的时代就像一场澎湃的春洪，锐不可当地开拓着，无情地席卷陈年枯叶。这样的时代，往往泥沙俱下，鱼龙混杂，要比在平凡的世纪里多几倍地诞生形形色色杰出而复杂的弄潮儿。他们各自不同的成绩和命运令后世惊叹、深思，但又恰恰是时代不同侧面的反映。古米廖夫就是其中的突出例子。一方面他是举世公认的天才诗人，另一方面又是被时代无情的车轮所毁灭的人。他的诗抒写航海、爱情、俄罗斯以及异国风土人情，体现出对"陆地和海洋"的爱，他从不涉及政治，但却成为政治的牺牲品。他的命运是一个悲剧：涉嫌"反革命阴谋"事件，于1921年8月在彼得格勒郊区被处决。20世纪80年代末被平反，恢复名誉。

幽 会

你今天来同我幽会,
我今天才真正领悟,
何以独自一人在月色下,
感觉是那么异样,分秒难度。

你停住脚步,脸色苍白,
悄无声息地脱下风衣。
明月是否也是如此,
从晦暗的密林中升起?

就像被月亮迷住了似的,
我仿佛被你禁锢,
寂静、黑暗、命运
都使我感到幸福。

凄凉的森林中的野兽,
已嗅到春天的气息,
它正倾听嘀嗒的表声,

眺望明月，视线不移。

它偷偷地潜入峡谷，
唤醒夜梦，
轻轻的脚步
与月影一起移动。

我也想缄默不语，
既忧又爱，像它一样，
怀着长驻的忐忑不安，
迎接你，我的月亮。

一转眼，你已不在我的身边，
又是白昼和黄昏，
可月儿照亮的心灵里，
却留存着你的身影。

结合在一起的两个躯体
又两相分离，
但夜半之爱会永放光芒，
就像天上的明月一样。

1910年

爱

一个傲慢青年似的抒情诗人,
门也不敲,径直走进我的家门,
他开门见山地指出,人世间
我只应为他忧愁苦闷。

他扮着调皮的鬼脸,
将我打开的书合上,
跺了跺穿着漆亮皮鞋的脚,
透过牙缝说:我不喜欢这样。

他是那么浑身散溢着香水的气味!
他是那么厚颜地耻地玩弄着宝石戒指!
他还敢于把鲜花
撒得我写字台和床铺到处都是!

我气愤地走出家门,
可他在我身后紧跟,
他那极其精美的手杖

敲得街上的石头路面铮铮直响。

从此我不敢返回自己的家,
变得疯疯癫癫,
谈起这不速之客,
总是用他的无耻之言。

1912年

疑 惑

我独自一人在寂静的夜晚,
只会把您思念,把您思念。

信手拿起书,"她"立刻就出现。
于是心儿陶醉,又惶惶不安。

我扑到吱嘎作响的床上,
枕头灼热……无法进入梦乡。

我踮着脚走到窗前,
将月亮和薄雾缭绕的草地望上一眼。

瞧,就在那花坛前您对我说:"好吧",
噢,这"好吧"永远伴随着我啊。

突然,意识这样回答我:
您如此顺从,过去和现在都不曾有过,

您的"好吧",您的激动,
您的吻——只是青春的呓语和梦。

> 1912年

姑　娘

你海阔天空地说了一通,
姑娘的脸便焕发神采:
你瞧,她正在梳理金色的发辫,
像过节似的喜上心来。

如今她去参加所有的教堂圣礼,
为你祝福,为你祈求,
你成为她的太阳,她的苍天,
你成为她情意缠绵的细雨。

预感到暴风雨的到来,目光渐渐黯淡,
她呼吸短促而不匀。
如今她带来的是玫瑰花儿,
可如果你愿意,她还会奉献出生命。

1916年

老处女

生活悲哀,生活落寞,
谁也不会怜悯我;
客厅里还是那些花瓶,
那些画像和底座。

我抑制着忧愁苦闷,
拿起一本旧书——它已尘封,
然而就连书中的未婚男子
也不会对我钟情。

镜子里映出的我,
完全是另一种面容:
我是月光下的茨藻,
在清澈河水的涟漪之中。

如果是远在中世纪,
我便会像公主一样,
手儿颤抖地去接受

英俊书生的赞美诗章。

抑或在凡尔赛的节日,
当整个地球进入梦乡,
我会吸引住那忧郁青年的目光,
我会迷住那年轻的国王。

抑或让巴黎的半个社会
都迷恋我的浪漫歌曲,
以致那长发的诗人
会专门为我抒写诗句。

我可以出嫁,去当太太,
成为一个妻子,严厉而忠诚,
可我执拗的理想
永远也不会蜕变成另外一种。

而死神已前来向我这衰颓的女人索命,
它手里拿着红玫瑰花,
像骑士一样骑在马上——
坐骑宛如带鳞片的装甲。

1916年

野 游

我们在泛白的林荫路上飞奔,
我们飞跑——沿着水边。
金色的树叶纷纷落进
沉寂的蓝色水潭。

她向我倾诉了自己的一切——
所有的怪癖、幻想和思绪,
凡是这姑娘关于爱情
所能想象出来的一切,统统倾吐无遗。

她说:"是的,爱情是自由的,
即使相恋,人也是自由的人,
唯独善于持久地爱,
心才是高尚的心。"

我注视她的一对大眼睛,
我看到一张可爱的脸,
金色的树木和一汪汪的水

在她四周汇成一个圈。

于是我想道：不，这不是爱！
就像林中的大火，爱蕴藏在命运里，
因为即使得不到回答，
从今以后我也注定属于您。

1917年

太阳的嘴唇

你孩童般的小口和少女般大胆的眼神,
我一生都不会忘记,
这就是为什么当我思念你的时候,
说的和想的都富有韵律。

我感觉到无边的大海
在月球的引力下如何晃动,
亘古以来注定运转的星辰
如何闪烁,如何运行。

噢,你这含笑的真正的美人,
若能永远同我在一起,
我就会踏上一颗颗星星,
去亲吻太阳那火热的嘴唇。

1917年

蔚蓝的星

你的美撩拨人心,令人痛苦,
你的美无与伦比,
它把我从贫乏而单调的生活里,
从艰难困顿中拯救了出来。

于是我升天了……我看到
从未有过的火焰,
一颗耀眼的蔚蓝的星
闪烁在我的眼前。

变换着灵魂和躯体,
曲调起而复落,
你的血液有如歌唱的诗琴,
不停地激荡和诉说。

香味如此甜蜜和浓烈,
它胜过生活中我所能找到的一切,
甚至胜过那生长在

高高的天国花园里的百合。

突然从被照亮的深处
复又出现了人间,
你霎时像一只受伤的小鸟,
战栗在我的面前。

你一再说:"我痛苦不堪。"
可我又有什么办法呢?
当我终于如此甜美地得知,
你不过是一颗蔚蓝的星而已。

1917年

撒星星的女郎

你并非总是陌生和骄傲,
对我你也并非总是不要——

有时你会悄悄来到我的身边,
那么温存,像在梦中一般。

可你那浓密的刘海儿厮守着额头,
我连吻吻它的权利都没有,

你那一对大眼睛令人陶醉,
仿佛燃烧着幻奇月亮的光辉。

我温存的朋友,残酷的敌人,
你每一步都迈得那么自信,

有如踏在我的心上啊,
你一路撒着星星和鲜花。

我不知道,你这是从哪儿弄到的,
为什么你如此闪光熠熠,

何以谁跟你待在一起,
世上就再没有值得他爱的东西?

1917年

梦

在噩梦中我呻吟不已,
醒来了,心情沉痛而悲郁;
我梦见你爱上了别人,
那人使你受了委屈。

我跑离自己的床铺,
有如犯人逃离断头台,
我眺望那野兽眼睛似的路灯
怎样阴沉地闪出光彩。

噢,大概没有任何人
会无家可归似地流浪,
沿着今夜这晦暗的街道,
就像沿着干涸的河床。

就这样我来到了你的门前,
我注定不会有另一条路,
尽管我知道,此门

我任何时候都不敢入。

我知道,他欺侮了你,
尽管这只是发生在梦里,
但在你紧闭的窗前,
我终究会痛苦地死去。

1918年

你我拴在同一链条上……

你我拴在同一链条上
这我满意，因而歌唱，
我把自己的一颗跳动的心
献给虚幻的壮丽辉煌。

你不时地皱起眉看看我，
看看大家，看看太阳，
对你那女少般的宽厚来说，
宇宙跟空壳的坚果一样。

你不停地争辩，目光严厉，
为了不跟我单独在一起，
你寻找种种借口，
可它们日益变得与事无济。

1920年

经过这么多年的颠沛流离……

经过这么多年的颠沛流离,
我终于踏上了归程,
有如一个流放的犯人,
人们注视着我的行踪。

"奴家等啊等啊把你等,
等了那么漫长的时日!
不过对于我的爱情来说,
不存在相隔的间距。"

"在异国他乡
我的生活白白流逝,
生活怎样飞驰而去,
我却没有留意。"

"可对奴家来说,
日子过得甜美如意,
因为我等啊等啊把你等,

常常在梦里见到你。

死亡降临到我和你的家中,
这都没有什么关系——
死算不了什么,
　要是我俩在一起。"

　　　　　　　　　　　1921年

迷途的电车

我走在一条陌生的街道上,
忽听得乌鸦聒噪的声音,
还有诗琴的铮铮声和远处的雷鸣,
一辆电车在我面前飞奔。

我纵身一跳,在电车的踏板上站稳,
可有一件事我不明了:
电车竟能在白昼
留下空中火路一条。

电车像晦暗风暴一样迅疾,
可它在时代的无底深渊里迷了路……
停车吧,司机,
快把电车停住!

来不及了。电车已载着我们
绕墙而去,从棕榈林里穿过,
轰隆隆驶过大桥三座——

飞越涅瓦河、尼罗河和塞纳河。

一个贫穷的老汉在车窗外闪过,
他那探询的目光从远处投向我们,
这无疑就是一年以前
在贝鲁特死去的那位老人。

我这是在哪儿?我的心
疲惫而惊恐地突突跳着答道:
瞧见那车站吗?——在那里
能买到去神灵印度的车票。

招牌上……是血浇铸的字母:
这儿明码出售蔬菜,
可我知道卖的不是卷心菜和芜菁甘蓝,
而是一颗颗死人脑袋。

穿红衬衫的刽子手满脸横肉,
他同样割下了我的头,
放在滑腻腻的木箱尽底,
跟其他人头一起销售。

小巷里有一道木板篱笆:
灰色的草坪,三扇窗的小屋……
快停车,司机,
快把电车停住!

玛申卡,你曾在这儿生活和歌唱,
还为我这未婚夫织过壁毯,
如今你的歌声和倩影在哪里,
莫非你已离开了人间!

当你在自己那明亮的小屋里哀叹,
我正前去把女皇觐见,
随身带着扑粉的发辫,
可从此再没能见你一面。

此时我已明白:人和鬼魂
都汇聚在命运的动物园入口,
园内射出一道强光,
那就是我们的自由。

一阵熟悉而令人心旷神怡的风扬起,

可对岸桥头的骑士[1]向我袭击,
用他那有护铁的手
和他那坐骑的两只前蹄。

作为东正教的可靠柱石,
以撒教堂[2]在高空耸立,
我会在那儿为玛申卡祈祷,
也为我自己的亡魂一祭。

心始终是那么郁闷,
活着真痛苦,难以呼吸……
玛申卡啊,我从未想到
会这样爱,这样郁悒。

1921年

---

[1] 指耸立在彼得堡涅瓦河畔的青铜骑士——彼得大帝塑像。
[2] 以撒教堂位于彼得堡,高达101.5米,于1858年建成。

阿赫玛托娃

安娜·安德烈耶夫娜·阿赫玛托娃（Анна Андреевна Ахматова，1889—1966），20世纪初成名的俄罗斯女诗人，多以短小精致的形式、袒露复杂的内心矛盾而引人注目。

她出身于敖德萨的一个知识分子家庭，在皇村读过中学，在彼得堡女子大学学过法律，但她酷爱文学，尤其对诗歌创作表现出浓厚的兴趣。1910年她与贵族诗人Н·古米廖夫结婚，周游了许多国家。

阿赫玛托娃1912年出版了第一本诗集《黄昏》，1914年出版了第二本诗集《念珠》。早期属于唯美主义诗歌代表人物之一。20世纪20年代初期出版了两本诗集：《车前草》（1921）和 *Anno Domini*（拉丁文，意为耶稣纪元，1922）。从20年代中期开始，她研究普希金的创作技巧。

卫国战争时期她创作过宣传英雄主义和勇敢精神的爱国主义诗篇，如《起誓》《勇敢》《胜利》等。战后她继续写抒情诗，主要发表在《星》《列宁格勒》杂志上。1946年，联共（布）中央做出决议责令上述两本杂志停刊整顿时，日丹诺夫在报告中点名批判阿赫玛托娃，说她早期的诗歌"是奔跑在闺房和礼拜堂之间的发狂的贵妇人的诗歌"。50年代后期阿赫玛托娃被彻底恢复名誉。晚期的诗歌有《没有主人公的长诗》（1940—1962）和《光阴的飞逝》（1909—1965）等。

我宠爱映在窗上的光[1]……

我宠爱映在窗上的光,
它笔直、纤美、浅淡。
今天,我从清早就缄默,
而心——碎成了两半。
我的悬壶洗手器上
铜壳斑驳发绿。
但光点在容器上嬉戏,
光彩令人赏心悦目。
在黄昏的岑寂里
光线如此率真和淳朴;
可在这座空僻的宅第中
它犹如美好的节日,
并带给我无上慰藉。

1909年

---

[1] 本书所收阿赫玛托娃诗篇,系与黎华先生合译。

也还是那嗓音，
也还是那目光……

也还是那嗓音，也还是那目光，
也还是那亚麻色的头发。
一切都同一年前一样。
灿烂的阳光透过窗玻璃
把雪白的墙壁映得五彩缤纷……
轻漾着百合花的阵阵清香
和你那一串串朴直的话语。

1909年

当激情炽燃到白热……

当激情炽燃到白热,

相互剧烈地诅咒和斥责,

我们俩都还不明白,

地盘对双方多么狭窄,

狂怒的追忆折肺磨心,

精神上的极大痛楚仿佛如焚的疾患!——

在这夜阑人静时刻,心儿教问:

啊,离去的挚友现滞留在何方?

而当唱诗班引吭高唱,

穿过缭绕香雾,显露威胁,欢欣,

也还是那咄咄逼人的目光

严峻、固执地直刺我的心房。

1909年

还乡偶拾

向大地把志哀的白色殓衣献呈,
庄严地响起一阵阵钟声,
皇村那慵懒的寂寥
重新使我心境陷于惊慌和烦躁。
五个春秋荏苒。这儿一切变得萧索、沉寂,
仿佛世界已濒临末日。
如同自然的旋律已永远终结,
宫殿在万籁无声的酣梦中安息。

1910年

灰眼睛的君主

光荣属于你,无穷尽的痛苦!
昨天死了那灰眼睛的君主。

秋天的傍晚闷热,天边泛红,
丈夫回家平静地讲给我听:

"要知道,是从打猎的地方把他运回的,——
在一棵老槲树旁找到他的躯体。

"君主那么年轻!……王后多么可怜,
她变得白发苍苍在一夜之间。"

丈夫在壁炉上找到烟斗,
于是为上夜班他离家而走。

我这就到床边把女儿唤醒,
凝眸观赏她那对灰色的小眼睛。

窗外的白杨却在簌簌作响:
"你的君主已不再活在世上……"

1910年

火燎似的吹着闷热的风……

火燎似的吹着闷热的风，
太阳烤热了人们的手臂，
我头顶上那一碧如洗的苍穹
就如同蓝莹莹的玻璃；

蜡菊慵懒伸展的枝叶
散发出干枯的气息。
多节瘤的罗汉松树干上
一路奔忙着爬上爬下的蚂蚁。

池塘懒洋洋地泛着银光，
生活按新的方式轻松欢愉……
躺在吊床斑斓的丝网里
今天我又将同谁在梦中相遇？

1910年

我写下的一串话语……

我写下的一串话语,
表明久久不敢倾诉。
头脑迟钝地疼痛,
身躯奇异地麻木。

远方的笛音静息了,
心中一切仍迷茫惆怅,
轻盈的秋雪
遮盖了棒槌戏[1]场。

让迟凋的枯叶尽情簌簌喧响!
让最后的思索去缠扰苦恼!
对习惯于快活的人,
我不愿意打搅。

我宽宥可爱的嘴唇

---

[1] 一种以木槌击球的户外运动。

吐出的残酷的戏谑……
哦,请您明早来我这儿,
踏着初雪的橇道。

在厅堂将燃起蜡烛,
烛光闪烁在白日更温柔可爱。
一大束芬芳馥郁的玫瑰,
会从暖花房里给我们捧来。

1911年

丈夫把我抽得遍体鳞伤……

丈夫把我抽得遍体鳞伤,
用一根折叠成两重的花纹皮鞭。
为了你,我在两扇小窗的窗口里
守着灯火彻夜思念。

天光破晓。铁坊屋顶上
冒起缕缕青烟。
唉,跟我这个忧伤的女囚,
你又不能来片刻相见。

为了你,我忍受惨淡的生活,
忍受苦难的命运。
是你爱上了淡黄发女郎?
还是火红色头发的姑娘使你称心?

哦,一腔悲愤的呻吟我怎能吞声抑止!
心中积郁着愁闷和令人窒息的醉意,
而铺叠齐整的被子
已笼罩着柔媚纤丽的晨曦。

1911年

披着深色的纱笼……

披着深色的纱笼我紧叉双臂……
"为什么你今天脸色泛灰?"
——因为我用酸涩的忧伤
把他灌得酩酊大醉。

我怎能忘记?他踉踉跄跄走了出去——
扭曲了的嘴角,挂着痛苦……
急忙下楼,栏杆也顾不上扶,
追呀追,想在大门口把他拦住。

我屏住呼吸喊道:"那都是开玩笑。
要是你走了,我只有死路一条。"
"别站在这风头上",——
他面带一丝苦笑平静地对我说道。

1911年

爱　情

时而像蜷曲一团的花蛇
在人的心灵深处显示魔法无穷,
时而像温驯的雏鸽
整日在白色窗台上咕咕低鸣,

时而像在璀璨的霜花上猝然一闪,
恍若沉迷在紫罗兰的假寐中……
可总是孜孜以求和秘密滋生,
由于恬适的愉悦和宁静。

会那样甜蜜蜜地痛哭,
在提琴幽怨的祈愿中,
在还是不熟悉的微笑中猜测它,
着实令人惊异而惶恐。

　　　　　　　　　　　　1911年

黝黑的少年侍从[1]……

黝黑的少年侍从徘徊在林间小径，
他面朝湖岸郁郁忧思，
上百年后我们依旧愉悦地听见
隐隐传来他沙沙的足音。

松树用针叶密实地、
尖刺地把低低的树墩来铺……
这儿曾放过他的一顶草帽，
还有一本散乱不堪的书。

1911年

---

[1] 俄古代大公近侍。

对阳光的忆念在心田逐渐淡薄……

对阳光的忆念在心田逐渐淡薄。
秋深草黄。
几星白絮似的雪花随风轻飘,
初雪轻扬。

狭窄的沟渠里声寂流静——
水已结冰。
这儿旷古以来什么事情都从未发生,
哦,从未发生!

柳树把透笼的折扇
伸展在空漠的苍穹里。
或许那样更好:我没有成为
你的妻室。

对阳光的忆念在心田逐渐淡薄。
这是怎么回事?是由于黑暗?
也许是吧! ……一夜之间悠悠而来了
萧索的冬天。

1911年

在寥廓的苍穹……

在寥廓的苍穹一片浮云呈现灰色，
如同一张铺开的灰鼠皮。
他对我说："别惋惜，娇弱的白雪公主，
你的躯体融化在这阳春三月里。"

双手插在柔软的皮手笼里仍然冰冷。
我有点害怕，有点惊慌不安。
哦，那蕴含着他短暂而轻浮恋情的
迅速飞逝的冬月啊，如何召你回还！

无论苦痛还是报复，我都不希望，
让我随同最后一场白茫茫的风雪死亡。
在主显节[1]前夕我就对他揣度。

在一月里我曾是他心上的姑娘。

1911年

---

[1] 主显节，俄旧历1月6日。

心同心无法拴在一起……

心同心无法拴在一起,
如果你愿意——那就离去。
为人生道路上的自由人
已准备好累累的幸福果实。

我不悲泣,也不怨尤,
我注定不会成为幸福的女人。
别吻我吧,我已疲惫不已,——
前来吻我的将是死神。

随着一片雪白的寒冷,
冬日伴我在极度的忧闷中度过。
你远远胜过我所选择的人,
这到底是为什么,到底是为什么?

1911年

门扉半敞着……

门扉半敞着,
流溢椴花的馨香……
一只手套和一条锦鞭
遗忘在桌子上。

灯投下昏黄的圆影……
我谛听沙沙的脚步声。
为什么你要离去?
我真一点也不懂……

明天早晨
将是天空晴朗,无限美好。
这生活呵可真幸福,
心儿啊,愿你开窍!

你已疲惫不已,
轻轻地、低微地跳动……
你明白,我已看出
灵魂不死,情愫永恒。

1911年

你可想知道……

你可想知道,这一切是怎么发生?——
餐厅里时钟响起三下敲击,
她扶着栏杆依依告别,
似乎很费力地喃喃低语:
"这一切……哦不,我已忘记,
我爱你,还是在那个时候
我就爱上了你!"——
"是的!"

1911年

仿佛用麦秆你吮吸我的魂魄……

仿佛用麦秆你吮吸我的魂魄。
我懂得,这滋味苦涩而令人醉迷。
可我的痛楚用祈求也难于平息。
哦,我的宁静无法切割分离。

请告诉我,你何时才终止。
世间缺少了我的魂魄并不可惜。
踏上短暂的旅程,我要亲眼瞧瞧
孩子们怎样在玩耍和嬉戏。

灌木丛上醋栗开花了,
篱墙外车马在运送砖瓦。
你是谁呢:是我的兄弟还是情侣,
我记不起了,也不必记得啦。

这儿我举目无亲,无所依归,
拖着一条疲惫的身躯颓唐歇息……
过路者都在胡乱地猜测:
大概,她昨天才成为守寡的妇女。

1911年

我像生活在挂钟里的杜鹃……

我像生活在挂钟里的杜鹃,
我不艳羡林中的鸟儿。
给我上发条——我就叫咕咕。
要知道,这样的命运
我只能希望
仇敌才会有。

1911年

我同醉酒的你十分愉快……

我同醉酒的你十分愉快——
你的绵绵情话已没有什么意义。
初秋已经在榆树枝头
挂满了一面面黄色小旗。

我们俩误入了欺骗的王国,
内心痛楚地忏悔不已。
可为什么我们要笑得发愣,
笑得那样神秘而又怪异?

我们曾希望啃啮心灵的痛苦
去把恬静安逸的幸福代替……
那狂放的柔情的友伴,
我绝不会背弃。

1911年

最后一次相见

心变得那么冰凉,
脚步却迈得匆忙。
我竟把左手的手套
套在了右手上。

我只记得迈了三步,
实际上跨下了许多梯级!
秋在枫树间悄声低语:
"跟我一起死去!

"命运欺骗了我,
它沮丧、乖戾,多变!"
我回答说:"亲爱的,亲爱的!
我亦如此。让我们一起归天……"

这是最后一次相见。
我睥睨你那晦暗的楼房。
只见卧室的烛影
闪烁着冷漠的黄光。

1911年

短诗一章

迎着喷薄的红日
我唱一支爱情的歌,
在菜园里我弓着膝
薅除滋蔓的滨藜。

我一边挖出一边抛掉——
愿它把我宽恕。
我看见,一个赤足的女孩
在篱边放声痛哭。

那声声悲凄的哀号
使我感到畏惧,
蔫死的滨藜
散发出愈益温热的气息。

用石块替代面包
是给予我的凶恶的褒奖。
在我头顶只有一汪蓝天,
而你的声音永远在我心中回荡。

1911年

我,一个浪荡女人,
来到这里……

我,一个浪荡女人,来到这里,
在哪儿百无聊赖——对我反正毫无意义!
丘冈上磨坊昏沉欲睡。
岁月在这儿寂然流逝。

在枯萎的菟丝丛顶
蜜蜂徐缓地浮行;
我伫立池畔呼唤美人鱼,
而美人鱼已经郁郁死去。

宽阔的池塘变得浅浊,
水中布满铁锈色的苔草;
在枝叶颤动的树梢
轻盈的镰月熠熠闪耀。

一切我都觉得似乎新奇。
白杨洋溢着湿润的气息。
我沉默。我沉默,我甘愿
重新属于你,我的大地!

1911年

白　夜

哟，门扉我并没有闭上，
蜡烛也没有点燃，
你不会懂得，我疲乏极了，
却不想卧床入眠。

看一枝枝针叶渐次消失，
晚霞的余晖变得暗淡，
我陶醉于温馨的声息，
恍惚见到你的音容笑颜。

我知道，往昔的一切全已失去，
生活就如同万恶的地狱！
噢，原先我曾确信，
你不会回来与我相聚。

1911年

致缪斯

缪斯姊姊瞥了一眼我的脸容,
她的目光泰然而又明晶。
她夺去了我璀璨的金戒,
那是初春的馈赠。

哦,缪斯!不论姑娘,女人,孤孀,
你瞧,人们多么幸福……
我宁愿在漂泊中死亡,
也不愿被束缚禁锢。

摘一朵娇嫩的雏菊,
我会用花瓣占卜。
哦,在这世上每人都应该
经受爱情的折磨。

残霞消逝,在窗台我点上蜡烛,
对谁我也不忧郁思念,
可我也不愿意,不愿意,不愿意

知道,别个女子怎样被人亲吻。

明早镜子将对我笑谑着说:
"你的目光既不泰然,也不明晶……"
我会轻声回答:"是缪斯姊姊
夺去了上帝的馈赠。"

1911年

渔 人

手臂裸露,衣袖捋过臂肘,
眼睛却比冰还冷峭清幽。
皮肤黝黑,散发的气味刺鼻,
令人窒息,如同焦油。

天蓝色短外衣的领口,
永远是、永远是那样敞开,
渔妇们老是哎哟一声,
在你跟前脸红了起来。

就连进城卖刀鱼的小女孩,
仿佛也无家可归,
每当黄昏时候
也在海角徘徊。

她两颊苍白,双手虚弱无力,
疲惫不堪的目光严肃深邃,
爬到沙地上的螃蟹

搔痒她的脚背。

但她伸出的手臂,
并不把它们捕捉。
心跳得愈来愈激烈,
胸中忍受着忧伤的折磨。

1911年

新月挂上柳梢……

新月挂上柳梢,亲爱的朋友
跟我离别。离别就离别!
他戏谑地说:"踩钢索的艺人!
看你怎样挨到五月?"

我既不嫉妒,也不抱怨,
回答了他,像对自己的兄弟,
但顶替不了我孤寂的苦痛,
即使用四件崭新的雨衣。

尽管我的路途艰险、可怕,
思念的旅程将更令人断肠……
我的那把中国阳伞多美,
用白粉擦过的小鞋多亮!

乐队奏起欢快的乐曲,
人们嘴角挂着微笑。
可我的心儿懂得,心儿懂得
第五号包厢空了!

1911年

……那儿是一尊酷肖我的大理石像……

……那儿是一尊酷肖我的大理石像,
如今倾倒在老槭树下,
它把脸庞投给潋滟的湖水,
一面聆听绿叶响声沙沙。

晶莹的雨丝洗涤着
它僵结的创伤……
冰冷、白皙的雕像啊,要不多久
我也将成一尊大理石像。

1911年

有个男孩,在吹着悠扬的风笛……

有个男孩,在吹着悠扬的风笛,
有个女孩,在给自己编结花冠,
有两条交叉的林中小路,
还有遥远田野里那遥远火光的忽闪——

这一切我全都看到,全都记得,
柔情脉脉地珍藏心间。
唯有一件事我从来也不懂得,
甚至再也无法寻思忆念。

我既不央求智慧,也不央求力量。
哦,我只在火边取暖盼望!
我觉得冷……有翅或无翅的
快乐天神不会对我礼遇造访。

1911年

材料库弥漫着淡淡的烟雾……

——给维拉·伊凡诺娃·施瓦尔莎珑

材料库弥漫着淡淡的烟雾，
毒瓦斯在大门口突然燃烧。
从一双双陌生的平静的眼睛中
我只记得一对深沉眼睛的目光哟。

你的忧伤并不为大家知情，
可立刻使你我同命相连，
你也明白，那令人难耐的
窒息的悲痛已深印在我心间。

我喜爱并庆幸这个日子，
我会迅急来到——一旦你向我召唤。
对于我，一个有罪和浪荡的女子，
唯有你一人从不责难。

1912年

片　断

有个不露形迹的幻影，在昏暗的树荫里
沙沙作响，如同一簇凋落的黄叶，
并且高声叫唤："你的情人同你干了些什么？
你的情人干了些什么？

"浓黑的水墨画似的阴影
仿佛使你沉滞的眼睑感动不已。
他让你完全陷入
毒杀恋情的忧伤的窒息。

"你早已不再点数频繁的注射——
胸脯在尖针下已不起动。
你白白地尽力显得快乐——
轻松地躺进灵柩反会使你栩栩如生！……"

对欺凌者我愤然回答："你这狡猾的魔鬼，
简直没一点廉耻！
他温和，他温柔，对我百依百顺，
是永远钟情于我的恋人！"

1912年

我的声音微弱……

我的声音微弱,但意志不弱,
没有爱情我反而轻松。
天高云淡,山风徐送,
我的意念纯洁神圣。

不眠的助理护士已去邻家,
对着灰色炉灰我并不苦闷,厌倦,
塔楼上大钟歪斜的指针
我并不觉得像是致命之箭。

一幕幕往事使我的心灵翻江倒海!
解脱将至,一切我都能原宥,
我注视着春光爬上奔下,
沿着墙上濡湿的常春藤。

1912年

一双双眼睛犹豫地请求宽恕……

一双双眼睛犹豫地请求宽恕
这可叫我怎么办呢,
当人们在我面前说出
一个亲切而响亮的名字?

沿着田间小路我踽踽独行,
两旁是灰色圆木——堆垛齐整。
这儿微风自由吹拂,
像春天般清新,变幻莫定。

我那慵懒的心
听见一个秘密的远方音信。
我知道:他还活着,还呼吸,
他绝不会成为忧戚悲伤的人。

1912年

傍 晚

花园里响起了阵阵乐声,
是那样难以形容的忧伤。
盛在盘里的冰牡蛎
散发着新鲜、强烈的海腥味。

他对我说:"我是你忠实的朋友!"
接着就触动我的衣裙。
这些指头的接触
一点也不像恣情的拥抱。

仿佛随便抚摩小猫或者小鸟,
仿佛观看匀称端丽的女骑手……
只有他那平静的眼里闪露的笑
罩在轻佻的金黄色睫毛下。

提琴凄婉的清音
随着柔漫的薄雾悠悠飘荡:
"感谢上苍的恩赐——
你初次独自同恋人幽会。"

1913年

这儿我们全都是荡妇、醉汉……

这儿我们全都是荡妇、醉汉,
在一起我们多么郁郁寡欢!
连墙上的花卉鸟雀
也苦苦地思念流云飞泉。

你抽黑烟斗,
袅袅轻烟是那样奇妙。
我穿窄短裙,
好使身姿显得更苗条。

小窗总是被牢牢钉住:
是用什么——雾凇还是雷电?
你的眼睛就如同
细心谨慎的猫眼。

哦,我的心啊多么忧伤!
莫不是在等待大限时刻的来临,
而此刻在跳舞的女流
必将在地狱里栖身!

1913年

……不见有人下到台阶……

……不见有人下到台阶,
提着灯笼把我相迎。
在月光婆娑的幽夜
我走进一座静谧的宅邸。

站在绿色的灯光下,
含着毫无生气的微笑,
陌生朋友轻声地说:"灰姑娘[1],
你的声音多么奇妙……"

壁炉里残火渐渐熄灭;
蟋蟀焦躁地唧唧叫唤。
咳!我的那只白色小鞋
有人拿去留作纪念,

他给了我三枝石竹

---

[1] 童话中受继母虐待,夜间睡在炉边灰堆上的少女。

连眼睛也没有抬起,
哦,可爱的信物,
往哪儿我把你藏匿?

我的心痛楚地相信,
临近了限期,已临近,
他会千方百计去量
我那只白色小鞋的尺寸。

1913年

莫把真正的柔情……

莫把真正的柔情同别的什么
混同一起,它安详稳定。
你枉然小心翼翼地
用皮大衣裹住我的肩和胸。
你也枉然用低首下心的话语
恭顺地诉说甜蜜的初恋。
我是多么熟悉你的眼神,
它们固执而又贪婪!

1913年

这座暖房里的鲜花……

这座暖房里的鲜花、陈设,
流溢着令人惬意的气息。
在一排排黑土的畦中
生长着各种各样的蔬菜。

从温床上揭开蒲席,
似乎还冒出丝丝寒气。
畦边还有一泓池水,
水池里苔草仿佛锦绣。

小男孩畏怯、神秘地告诉我,
声音是那样激动、微细:
池中有一条硕大的公鲫鱼,
还有一条硕大的母鲫鱼同它在一起。

1913年

晚饭前已暮色深沉……

晚饭前已暮色深沉。
空白的一页已无法补救。
金合欢的温馨仿佛尼斯的风情。
月光里一只巨鸟飞走。

似乎明天需要发辫,
我紧紧把发绺编结进夜色,
不再郁郁悲愁,我凭窗夜眺
苍茫的大海,还有无限的沙坡。

一个人还有什么样的权能,
当他甚至连柔情也不希求!
我都不能抬起倦慵的眼睑,
在他喊我姓名的时候。

1913年

我离弃你那白色的屋宇……

我离弃你那白色的屋宇、幽静的花园。
生活从此将变得冷漠、欢愉。
我将把你,把你在我的诗中颂扬。
当女性再不能把你赞美的时际,
你会去想自己亲爱的女友,
你为她的眼睛创造了极乐世界,
而我会经售稀有的货品——
把你的爱恋和柔情统统出卖。

1913年

惊 慌

一

燃烧似的阳光炙得人透不过气,
而他的目光就像灼热的光线。
这光能使我变得亲近驯顺,
我只觉浑身一颤。
他俯下身对我喃喃絮语……
血液从我的脸面猛然消失。
但愿爱情像一块墓石
永远压在我的生命之躯!

二

你不喜欢,不愿意看看,
哦,你这该诅咒的人儿多么漂亮!
我恨不能展翅飞翔,
而从童年起我就长着翅膀。
雾霭挡住了我的视线,

人和物都融成一片,
我只看见一朵红艳艳的郁金香
别在你上衣的纽孔上。

三

淳朴的谦恭刚一吩咐,
你就走近我微微一笑,
半似温存,半似懒怠,
亲切地轻吻一下我的手——
神秘莫测的眼睛
凝视我古时圣像的面容……
十年心揪,十年呼求,
还有十年失眠的苦宵,
我统统装入平静的话语
向你诉说——可一切都枉然!
你离去了,我的心境
重新又寂寥、空空。

1913年

郊原闲游

翎毛轻碰马车的顶篷。
我看了看他的眼睛。
心上人闷闷不乐,他甚至还不清楚
自己何以心境苦痛。

在云彩舒展的苍穹下,微风发愣,
忧郁像是锁住了黄昏,
似乎在旧画册中
水墨画泼出了布伦森林。

难闻的汽油味,丁香的芬芳,
还有令人警觉的寂静……
他又触摸我的膝头,
那只手几乎一点也不颤动。

1913年

亲爱的，
不要把我的信揉作一团……

亲爱的，不要把我的信揉作一团，
请你把它一气读完。
在你生活的道路上做一个陌生女子，
作为素昧平生的人，我已厌烦。

别那样看我，别苦闷也别生气。
我是你可心的人，我是你的。
我不是牧羊姑娘，不是白雪公主，
我也不是一个修女——

虽然我脚着一双半新不旧的高跟鞋，
身穿一件普普通通的连裙衣，
但是，像以前一样，我希望拥抱得更紧，
明净的大眼睛里还是充满了惊惧。

亲爱的，不要把我的信揉作一团，
不要为秘藏在心中的虚伪哭泣，

你把它放在你那可怜的背囊里，
放在背囊的尽底。

1912年

在我乌黑的发辫里……

在我乌黑的发辫里,
何以编结进银色的发绺,——
只有你,无声的夜莺,
才懂得这痛苦的根由。

你灵敏的耳朵能够听到远方的声音,
你全身羽毛竖起,
凝望爆竹柳纤美的枝杈——
假若那是陌生的歌儿,你便屏住呼吸。

而就在不久以前,不久以前
四周的白杨悄然伫立,
你曾令人厌恶地啼鸣
你那不可言喻的欣喜。

1912年

我学会了淳朴、贤明地生活……

我学会了淳朴、贤明地生活,
学会了仰望苍穹,祈祷上帝,
还学会了黄昏前久久地漫步,
为了消解心中无谓的忧虑。

当峡谷中牛蒡叶簌簌作响,
一串串黄中透红的花楸果满枝低垂,
我抒写快乐的诗篇歌颂生活,
易朽的生活啊,你易朽而又丰美。

我返回家来。茸茸小猫温存地
舔我手掌,柔声地叫,
而鲜艳的晚霞火烧似的
映射在湖滨锯木场的塔角。

只是偶尔有一只鹳雀飞上房顶,
发出声声啼叫划破山野的静谧。
此时此刻,若是你来我家叩门,
我觉得甚至会听不见一点声息。

1912年

失眠症

几只猫在什么地方哀怨地咪呜叫,
我从远处就能听到它们的脚步声……
你的话语全然是动听的摇篮曲,
但三个月来却使得我难入梦境。

啊,失眠症,又是你,你又把我缠绕!
我熟悉你那无情的面容。
怎么啦,美人儿,怎么啦,枉法者,
难道我给你唱的歌不甚中听?

窗户挂着白色的帘幔,
浅蓝的暮色朦朦胧胧……
莫非是远方的讯息使我俩感到慰藉?
要不为什么同你在一起是那么轻松?

1912年

威尼斯

金色的鸽窝筑在水边,
水面上绿波粼粼;
带咸味的轻风渐次泯灭
黑色小船迤逦的窄印。

人群中有那么多文静、古怪的人物。
每家小铺都摆设着鲜艳夺目的玩具:
狮子抱着大书躺在绣花枕上,
狮子抱着大书立在大理石圆柱上。

仿佛在一幅古老、褪色的油画上,
固定着一方蓝蒙蒙的苍穹……
这儿虽然很挤,但不觉挤,
虽然潮湿、酷热,但不觉窒息。

1912年

你可知道……

你可知道,我祈求上帝赐予死亡,
我遭受奴隶般的苦难。
但特维尔那一小片土地
始终痛楚地铭印在我心间。

古井边上竖着汲水的吊杆,
天空悬着灰白色的浮云,
周围是轧轧作响的柴门,
有面包的香味也有苦闷。

有那空旷的原野,
甚至风也只发出微弱的声响。
还有那晒得黝黑的安然农妇
投来责备的目光。

1913年

我柔顺地默默想象……

我柔顺地默默想象
你那对灰色眼睛的形象。
我在特维尔大街幽居的时际
常常痛苦地把你忆想。

幸福的俘虏在涅瓦河左岸,
把美丽的双手伸给我,
我的著名的同时代人哟,
终于发生了你所向往的事情,

那时你命令我:够了,
你要扼杀自己的爱情!
于是我变得憔悴消瘦,优柔寡断,
失却热情,而内心愈加忧烦。

一旦我离开人世,有谁
会给你抒写我深挚的诗句,
有谁把我未曾表达的情愫
化成美妙动听的话语?

1913年

我们将不同杯共饮……

我们将不同杯共饮,
无论是白水,无论是美酒,
黎明时分我们不再亲吻,
而临近黄昏也不从窗口观赏晚霞垂柳。
你钟爱太阳,我怀恋月亮,
可是同一种爱情跳动在你我胸腔。

我忠实、温存的朋友总伴在我身旁,
你快活的情侣也同你形影不离。
可我懂得那对灰眼睛的惊慌,
我的病痛应完全归咎于你。
我们不曾频繁地短暂相会。
我们命中注定不把恬静的生活违背。

唯有你优美的歌声荡漾在我的诗中,
而在你的诗中洋溢着我的呼吸。
哦,世间存在那样的篝火,
任是忘却,任是恐惧都不敢触及。

假若你能明白,此刻我多么倾心
你那干枯的玫瑰色的嘴唇!

　　　　　　　　　　　　　　1913年

我只有一种微笑……

我只有一种微笑:
嘴唇只是微微地翕动,
为了你,我十分珍惜我的微笑——
要知道,这是爱情对我的馈赠。
反正一样,任你蛮横和凶恶,
反正一样,任你爱恋别人。
在我面前的是一张金色的读经台,
站我身旁的是灰眼睛的郎君。

1913年

我将男友送至前厅……

我将男友送至前厅,
在金色的尘埃中稍停。
邻近钟楼的屋顶
传出了阵阵庄重的钟声。
哦,我被抛弃了!可真是出奇的口实——
难道我是一朵花或者一页信?
而眼睛却已冷峻地
凝望着渐次变暗的窗间壁镜。

1913年

被钟情的女郎总有千百种请求……

被钟情的女郎总有千百种请求!
失恋的姑娘却什么请求也没有。
我多么欣喜,今天淙淙的溪水
在无色的薄冰下已不再奔流。

我就站在——愿基督保佑!——
这透明而易碎的薄冰上,
为了让后辈判断我们的情谊,
请你把我的信札珍藏。

为了让他们更清楚、明晰地
了解你,一个聪慧而勇敢的人,
在你光辉的生涯里
难道能留下一大段空白?

哦,尘世的饮料太甘美了,
爱情的罗网可真密实。
但愿有一天孩子们

在教科书中读到我的名字。

但愿他们能读懂我忧伤的故事,
嘴角露出调皮的笑意……
你不赏给我情爱和安谧,
那就赐予我痛苦的荣誉。

> 1913年

每天都滋生新的惊慌……

每天都滋生新的惊慌,
成熟的黑麦散发愈益浓重的馨香。
假若你甘愿匍匐在我的脚下,
那你就乖乖地躺在我身旁!

金莺在宽广的槭林里啭鸣,
直到夜深任什么也不能使它们安静。
我喜欢从你绿色的眼睛
驱走一只只快乐的黄蜂。

大路上铃铛丁零零响起,
我们永世难忘这清爽的清音。
为了不让你悲伤哭泣,
我给你唱一曲《别离的黄昏》。

1913年

追忆的心声

——给格列鲍娃娅·苏捷金娜娅

你看见什么——一味面向墙壁呆呆凝望，
当苍穹闪烁着晚霞余晖的时光？

是银鸥掠过蓝色的水面，
抑或佛罗伦萨幽静的花园？

是皇村庞大的御花园，
那儿莫名的惊慌将你的前途阻断？

还是你见到自己一辈的子嗣，
为歼灭白党而背叛了你的意志？

不，我见到的只是一面墙，
墙上是天空渐幽渐微的彩霞的折光。

1913年

喔,我知道……

喔,我知道,我知道,——滑雪板
又开始干巴巴地轧轧作响。
草原那样甜美地微微倾斜,
青空挂着一轮棕黄色的月亮。

宫中窗户闪亮,
远离恬适的寂静。
没有小路,没有小径,
唯有冰窟窿一片昏朦。

哎,垂柳——美人鱼树,
请别打搅我整装上路!
让黑色的寒鸦在雪枝间栖身,
给黑色的寒鸦以住处!

1913年

我望见海关大楼上
一面褪了色的小旗……

我望见海关大楼上一面褪了色的小旗,
还有都市上空浑浊的黄色烟尘。
于是我的心脏谨畏地收缩,
我痛楚地叹一口气。

真想重新成为海边的女孩,
便鞋穿在光脚上,
乌亮的发辫缀满花钗,
激动地把美丽的歌儿唱。

真希望在门廊出神地眺望
赫尔松教堂浅褐色的圆顶,
不去想由于幸福和荣誉
人心无望地衰颓消停。

1913年

替代智慧的是阅历……
——给斯莲兹涅芙斯卡娅

替代智慧的是阅历,是淡味的
难以解渴的饮料。
而青春——宛如礼拜天的祈祷……
难道我能把它忘掉?

走过那么多荒漠之路,
同不合我心意的人一起,
在教堂做了那么多顶礼膜拜,
为热恋过我的情侣……

我成了健忘者中最健忘的人,
岁月缓缓飘逝。
那未被吻过的嘴唇,不含笑意的眼睛,
是永远也不会归还给我的。

1913年

那是一年中的第五个季节……

那是一年中的第五个季节,
唯有把它赞颂。
你尽可自由地呼吸,
因为这是爱情。
天空高高地升腾,
物体的轮廓清淡,
身躯不去庆祝
自己忧郁的周年。

1913年

叙事诗篇

我歌唱，森林绿光闪烁。

——勃·阿

在那个时候我作客人间。
洗礼时我被命名为安娜，
最甜美的名字——对于人的发音和听觉。
我如此奇妙地懂得了人间的喜乐，
至于节日我认为不是十二个，
而是一年中所有的日子。
我屈从于神秘的嘱咐，
选择一个自由的同伴，
我只喜爱太阳和树木。
有一次在夏末晚霞渐隐的时刻，
我遇见一个外国女郎，
我们一起在暖和的海水里沐浴，
她的衣着我觉得奇怪，
更奇怪的是她的嘴唇，而话语——
仿佛九月之夜坠落的星星。
端庄的美人教我游泳，

用一只手在缓慢的波浪上
托着初经游阵的躯体。
她常常站在湛蓝的海水里,
同我慢条斯理地絮语,
我觉得好像是森林的树冠
在飒飒轻响,或者沙土窸窣作声,
或者银铃般的笛音
在远方唱起黄昏时分的别离之情。
可是她的话语我回忆不起来,
深夜里常常从睡梦中痛楚地猛醒。
我似乎惊异地望着她半张开的嘴,
还有温柔的眼睛和平整的发式。
宛如对天使的报知者,那时
我祈求悲伤的姑娘:
"请告诉我,告诉我,为什么回忆消逝,
那样苦苦地珍爱传言,
你剥夺了旧梦重温的幸福时际?……"
只有一回,当我手提柳条小篮
采摘低垂的紫红色葡萄,
而黝黑的姑娘坐在草地上,
眼睛紧闭,发辫散披,
神情苦恼而疲倦,

她完全沉醉于沉甸甸的青浆果的芳香,
和野薄荷的辛香的气味,——
她把绝妙的话语统统置入
我的记忆的宝库,
满篮的葡萄坠落,
我扑倒在干燥的、闷热的地上,
就像偎依在情人怀里,当他把爱情歌唱。

1913年

在我们经常相会的堤岸上……

在我们经常相会的堤岸上,
那时我们做了最后一次相见。
涅瓦河河水暴涨,
城里人心惶惶,畏惧洪水冲淹。

他谈起夏天,还谈起
女辈成为诗人是多么不伦不类。
哦,那巍峨壮丽的皇宫和彼特罗巴甫洛夫要塞
深深地铭记在我的心扉!——

后来,空气似乎变得与我们格格不入,
是那样奇美——仿佛上帝恩赐的礼物。
全部疯狂之歌的最后一支,
就在这一时刻献给了我。

1914年

在左侧瞄准射击的地方……

在左侧瞄准射击的地方,
你用炭笔做出标记,
为了放走小鸟——我心中的忧伤,
放进茫茫的黑夜里。

亲爱的!你的手绝不会颤抖,
我也不会久久地忍受。
鸟儿——我心中的忧伤,会从巢里飞出,
坐在枝头上啁啾。

为了在家安心息养的那人
启开窗户声称:
"声音是熟悉的,可我不明白意思"——
于是低垂下眼睛。

1914年

客　人

风雪的零星雪花飘打着
餐厅的窗子—— 一切如同原先,
我自己并未成为新显,
而有一个人来到我跟前。

我问:"你想做什么?"
他说:"愿同你一起受苦受难。"
我笑了起来:"哎呀,你似乎是在
把我们俩的不幸预言。"

但他举起枯瘦的手,
轻轻地触了触鲜花:
"请说说,别人怎样吻你,
请说说,你怎样吻别人。"

他目不转睛地看着我的戒指,
两眼显得黯淡无神。
显得豁达而又凶狠的脸

一点也没有露出情绪不稳。

哦,我明白了:他的乐趣
就是要迫不及待地懂得,
他什么也不需要,
我什么也不能拒绝。

1914年

他曾嫉妒、惊慌、温存……

他曾嫉妒、惊慌、温存,
把我爱得如同上帝的太阳,
他杀死了我的白色小鸟,
为了不让它把往昔歌唱。

日落时他走进堂屋低声诉说:
"爱我吧,高兴吧,抒写诗章!"
我把快活的鸟儿埋葬
在圆井后老赤杨树旁。

我向他允诺我将不哭泣,
但我的心像压上了石头一样沉重,
我仿佛觉得随时随地
都听到它那甜美的歌声。

1914年

爱情的回忆啊,你多么沉重!……

爱情的回忆啊,你多么沉重!
我歌唱和燃烧在你的烟云中,
对别人来说这只是情焰,
为了温暖冷却的心灵。

为了温暖受伤的躯体,
就需要我同情的泪水……
天哪,我歌唱竟是为此,
我耽于恋情竟是为了这样!

请给我喝下那样的毒液,
让我变成一个哑女,
并以闪光的忘却去洗刷
我那可耻的荣誉。

1914年

我并不祈求你的情爱……

我并不祈求你的情爱。
如今她的位子很稳……
请你相信,我不会给你未婚妻
写嫉妒怨恨的书信。
但是请你接受我明智的劝告:
让她读我的诗篇,
让她保存我的相片——
须知未婚情侣就是那样亲密无间!
而这种傻女更需要的是
充满胜利的信念,
比起情意缠绵的初交的回忆
以及友情的快乐的晤谈……
当你同心爱的女友一起
把微不足道的幸福时刻度过,
对你那厌腻了的心灵来说,
一切都立刻会变得冷却——
在我得意的恬适之夜
你不要来,我并不了解你。

我又能帮助你什么呢?
失却幸福我无法把病者治愈。

                                          1914年

冒着朔风和严寒归来……

冒着朔风和严寒归来,
我喜欢在炉边把火烤。
心儿从怀里被偷走了,
我没把它照管好。

元旦佳节豪华地持续,
节日玫瑰一枝枝湿润鲜红,
在我胸中却已听不见
双翅蜻蜓似的颤动。

唉,我不难猜到小偷是谁,
根据眼睛我就能把他认出。
可怕的只是,很快地、很快地
他将亲自送回自己的虏获物。

1914年

独　处

那么多石块不断朝我投来，
可是没有一块石头使我觉得害怕，
捕兽器成了一座整齐的塔楼，
星罗棋布的高塔中的一座高塔。
我热情感谢它的建筑者，
愿他们的关怀和忧伤迅即消逝。
我从这里最早看到朝霞，
这儿夕阳的余晖也雄伟壮丽。
北边的阵阵海风
常吹进我房间的窗子，
白鸽啄食我手中的麦粒……
而尚未被我写完的作品——
缪斯的那只黝黑的手会写完，
那只神妙的、从容而轻巧的手。

1914年

我到诗人家里做客……
——给亚历山大·勃洛克

我到诗人家里做客。
礼拜日,时值正午。
宽敞的房间里十分幽静,
户外却寒冷刺骨,

深红色的太阳
高悬在团团灰蓝色的烟雾上空……
沉默寡言的主人望着我
显得多么安详文静!

他那一双眼睛
让人一见就铭记在心;
我呀,还是谨慎为妙,
最好根本别看它们。

可是交谈却留下深刻印象,
在烟雾朦胧的正午,礼拜日,

在一幢高大、灰色的房屋，
坐落在涅瓦河出海口。

1914年

你怎能眺望涅瓦河……

你怎能眺望涅瓦河,
你怎能登临那些大桥?……
无外乎人们说我忧郁,
自从我梦见了你。
黑天使的翅膀是尖尖的,
最后的审判即将到来,
深红色的雀麦宛如玫瑰,
在雪地里盛开。

1914年

海滨公园的石径黑光隐耀……

海滨公园的石径黑光隐耀,
路灯又黄又亮。
我的心境非常平静。只是
不要再同我谈起他。
你可爱而忠诚,我们会是密友……
一起散步,亲吻,直到年老……
岁月将在我们身边轻快地飞逝,
一如飘忽闪璨的彗星。

1914年

我们别再在林中……

我们别再在林中,呼寻已经够了,——
那样的玩笑我不喜欢……
你倒是为什么不来抚慰
我那备受创伤的良心?

你有另外的惦念,
你有另外的女人……
彼得格勒的春光
拂煦着我干枯的眼睛。

折磨人的咳嗽,黄昏时的发烧,
按罪受罚,欲置死命。
涅瓦河上冒起懒洋洋的蒸气,
浮冰开始缓缓流动。

1914年

她走到跟前……

她走到跟前。我没有露出激动,
淡漠地望着窗外。
她坐着宛如精美的瓷偶像,
那是她久已选择的姿态。

她快乐——那是习见的事,
让她细心——就比较困难……
莫非在三月馨香的幽夜之后
缠扰人的是慵懒?

令人厌倦的谈话的嘈杂
黄色枝形吊灯死沉沉的热气,
在稍微举起的轻巧的指头上
是那雅致的分发闪光熠熠。

交谈者又微微一笑,
满怀希望盯着她看……
哦,我幸福的,富裕的继承人,
请你读一读我的遗言。

1914年

尽管我难得把你梦见……

尽管我难得把你梦见,
可我们却频频相会,
你显得忧伤、激动和温存,
只是在幽暗的教堂里。
你所吐露的亲切的谄媚
对我比六翼天使的赞扬还甜美……
啊,在那里你并未弄错我的名字,
不像在这儿你长吁短叹。

1914年

严厉的大江边那黑暗的城市……

严厉的大江边那黑暗的城市,
是我安乐的摇篮,
也是我隆重婚礼的床铺,
年轻的六翼天使
在它上方手执花环,——
哦,我痛苦的爱情最爱戴的城市。

你是我虔诚祈祷的供台,
哦,你严峻、镇静、阴郁。
在那儿首先出现我的未婚夫,
他给我指明了光辉灿烂的道路,
而我的悲伤的缪斯
引领着如同盲人的我。

1914年

回　答

——给B.A.卡玛洛夫斯基

四月宁静的日子给我带来
怎样奇怪的话语!
你知道! 我心中仍然铭记着
那激情的可怕的一周。

我没有听见邈远的钟声
飘悠在一碧如洗的苍穹。
七天持续地忽而鸣响起洪钟般的欢笑,
忽而流溢着银铃似的哭泣声。

而我蒙上自己的脸,
仿佛面临着永久的别离,
躺在床上等待
尚未定名为痛苦的它到来。

1914年

离　别

黄昏中一条斜坡小路
展现在我的前方。
昨天哪,我的恋人儿,
还对我央求:"别把我忘。"
而此刻唯有晚风,
牧人的吆喝声,
和伫立在清泉两旁
那激动的雪松。

1914年

空漠的苍穹宛如透明的玻璃……

空漠的苍穹宛如透明的玻璃,
暗白的建筑物是巨大的监狱,
还有佩十字架的行列唱的庄严圣歌
飘荡在明蓝的沃尔霍夫城上空。

九月的旋风吹落桦树的枯叶,
又在枝柯间呼叫、奔窜不停,
而城邑并未忘记命运的忧患:
这里马尔法曾经统治,阿拉克契耶夫也曾执政。

1914年

那个声音……

那个声音,同巨大的寂静争辩,
最终战胜了寂静。
在我心中,如同颂歌或者苦痛,
是那战争前夕的严冬。

严冬比斯莫尔尼教堂的拱顶还白,
神奥莫测胜过富丽豪华的夏园。
我们未曾懂得,我们很快就会
在极度的悲伤中回顾先前。

1914年

我最好奋激地唱流行歌谣……

我最好奋激地唱流行歌谣,
而你让嘶哑的手风琴奏起曲调,

亲密拥抱着到燕麦田后把夜色消磨,
哪怕绦带从编卷很紧的发辫上失落。

最好让我把你的孩子摇来摇去,
而你一昼夜也可省下半卢布银币,

在追念的日子去墓地荐亡,
也把上帝的白丁香花观赏。

1914年

多少次我诅咒……

多少次我诅咒,
这天空,这土地,
还有这长了青苔的磨坊!
沉重挥动的手臂,
而这厢房里停着已故的人,
僵直,白发,躺在条凳上。
同三年前一样。
仿佛老鼠啃啮书页,
仿佛硬脂蜡烛。
使火焰向左倾斜,
城市下游可厌的铃铛
丁零零、丁零零,
唱着一支单纯的歌,
歌唱我的苦痛的欢乐。
而画得五彩缤纷的大丽花
变得明亮、艳丽,
径直沿着银色的小路,
那儿爬着蜗牛,长着艾蒿。

发生了那样的事：幽禁之地
成了我的第二故居，
而那生身故乡我都甚至不敢
在祈祷时细细回忆。

1915年

缪斯沿着山径走了……

缪斯沿着山径走了,
沿着秋天的一条狭窄的陡路,
她那黝黑的腿上
溅满了颗颗晶莹的露珠。

我久久地向她请求
同我一起把寒冬等待,
她却说:"要知道这儿是墓穴,
你怎么还能呼吸自如?"

我想送给她一只母鸽,
那是鸽窝里最白的一只,
可是鸽子自己飞去了,
跟着我匀称端丽的女客。

我默默地追望着她的行踪,
哦,我只爱她一个人,
而天空呈现出一片霞光,
如同通向她那王国的壮美大门。

1915年

如同未婚妻……

如同未婚妻,每天傍晚
我都接到一封信,
于是我回复我挚爱的朋友,
直写到夜半更深。

"在黑暗中我一路迅行,
到惨白的死神那儿作客。
哦,我温柔的朋友,
在世间别对人作恶。"

两棵树中间
戳着一颗巨星,
那样平静地答应
梦幻的实现。

1915年

是啊,有那么一块地方……

是啊,有那么一块地方生活淳朴,
那儿的天地透明,温暖,欢乐……
隔着篱笆比邻的青年可以同姑娘
在傍晚时分情话绵绵,只有蜜蜂
才听得见絮语中最温柔的心音。

我们却生活得那样拘谨,那样艰难,
尊奉令人痛苦的相会的仪典,
当轻率狂妄的疾风
猝然截断我们刚开始的交谈,——

不过,我们绝不会舍弃光荣和灾难的
用花岗石筑成的华美的城市,
还有宽阔的江河上闪灿的流冰,
没有阳光的昏暗的花园
和那隐隐可闻的缪斯的歌声。

1915年

我将静静地长眠……

我将静静地长眠
在乡村墓地，槲木棺中，
我的爱儿，在礼拜天，
你要常跑到妈这儿做客——
越过小河，直过山岗，
连成年人都追你不上，
从远处，哦，聪慧的孩子，
你就可认出我的十字架。
我知道，我的爱儿，关于我
你只依稀记起：
对你她既不责骂，也不爱抚，
没有带你去参加圣餐礼。

1915年

梦

我知道你把我梦见,
因而我难以入眠。
提灯幽幽发着蓝光
给我指引着路线。

你看见了女皇的御花园
奇异瑰丽的白色宫殿,
还有雕刻了黑色花纹的围墙
分列在回声很响的石廊边。

你走着,不认得路,
一心只想:"快点吧,快点,
哦,但愿能把她找到,
可别醒啊——同她相会之前。"

可是守卫者站在大红门旁
喊住了你:"去哪里?"
踩着的冰吱轧碎裂,

脚下是黑沉沉的水。

"这是湖,"你想,
"一个小岛在湖上……"
突然间从黑暗中
你看见浅蓝的火光。

在日暮的光照中
你醒来,呻吟了一声,
大声把我呼唤——
第一次按我的姓名。

1915年

1913年12月9日

一年中最阴郁的日子
应当成为明丽的佳日。
你的嘴唇是那样柔媚可爱,
我找不到譬喻贴切的言辞。

只是眼睛可不许抬起,
让我生命的倩影永远存贮。
明眸的光华赛过初绽的紫罗兰
对我却犹如致命的羽箭。

噢,我这才明白不需要言辞,
蒙着雪花的枝丫轻盈婀娜……
捕鸟者已布下了罗网,
在涅瓦河的岸上。

1915年

语言的新颖和感情的质朴……

语言的新颖和感情的质朴
我们一旦失去,岂不等于画家失去视力,
或者演员失去嗓音和动作,
而美妇人把美色失去?

可别试图为自己保持
上天对你珍贵的恩赐:
那注定——这我们自己也明白——
会被我们耗费,而不是储存。

请你独自去探索并医治盲者,
为在怀疑的艰难的时刻
认清门生的幸灾乐祸的嘲弄,
还有一般人特有的漠不关心。

1915年

密友中有一张难忘的面容……

——致尼·弗·尼

密友中有一张难忘的面容,
爱恋和激情都不会使它模糊不清,
哪怕芳唇在可怖的岑寂中融合,
哪怕心儿碎裂于爱情。

友谊在这里无能为力,岁月
充满崇高的炽热的幸福,
当心灵自由自在,当心灵
与欲望的迟缓慵懒格格不入。

追求它的人——神魂颠倒,
而获得它的人——郁郁苦恼……
现在你该明白,为什么我的心
在你温柔的手下并不惊跳。

1915年

我收敛起笑容……

我收敛起笑容,
寒风使我的嘴唇瑟缩,
又少了一个希望,
又多了一支歌。
这支歌我无意中
让人讪笑和侮辱,
因为默然的爱
给我的心带来了难以忍受的痛楚。

1915年

我时常梦见
冈峦起伏的巴甫洛夫斯克……

——致尼·弗·尼

我时常梦见冈峦起伏的巴甫洛夫斯克,
那圆形的草坪,那静静的湖水,
哦,这座最慵懒,最多荫的城市,
永远也不会被忘却!

当你驱车驶进那铁的城门,
一种怡悦的震颤就流动全身,
你不只是在生活,而是欣喜若狂,沉于幻想,
或者完全按另一种方式生活。

深秋时节,清新的、刺人的
凉风满街徘徊,使人惆怅。
紫云杉蒙着白色的霜花
伫立在起始融化的雪坡上。

那亲切温柔的声音充满火热的呓语,

如同甜美的歌在空中缭绕,
而在基朴莉达[1]的铜肩上
栖息着一只红胸脯的小鸟。

1915年

---

[1] 基朴莉达,即阿芙洛狄忒,希腊神话中爱与美的女神。

为什么你要佯装……

为什么你要佯装,
忽而似风,忽而似石,忽而似鸟?
为什么你对我微笑——
从高空投来意想不到的闪光?

别再折磨我,别再招惹我!
让我投身到预感的关怀里……
醉火摇摇晃晃
沿着干涸的灰色沼泽地。

缪斯戴着有窟窿的头巾
低沉地曼声歌唱。
在那青春的剧烈的忧郁中
自有她神效的力量。

1915年

我望见……

我望见,望见一弯新月
透过爆竹柳稠密的叶丛,
我听见,听见未钉马掌的
均匀的蹄声。

怎么啦?难道你不想入睡,
成年未把我忘,
你不习惯独守空房,
对着清冷孤寂的床?

莫非我不是在同你说话,
用猛禽尖厉的叫声?
我从白色的,不透明的书页
莫非不是望着你的眼睛?

为什么你窃贼似的转来转去,
在沉寂的住房周遭?
抑或你记起我们的约期,

焦躁地等待我的来到?

我蒙眬入睡。镰月把刀刃
刺入窒闷的暗空。
又响起蹄声。我温暖的心
是那么激烈地跳动。

1915年

同伴们声声呼唤……

同伴们声声呼唤
一只受伤的灰鹤：咕尔，咕尔[1]！
当初秋的田亩
又松散，又温热……

我，在病中，也听见这召唤，
金色的翅翼的喧声
从浓厚的低矮的流云传来，
也来自稠密的芦丛：

"是时候了，飞吧，是时候了，
飞在田野和河流上空，
因为你已不能歌唱，
连软弱无力的手将泪滴
从面颊上擦掉也不可能。"

1915年

---

[1] 鹤唤声。

春天到来之前常有这样的日子……

春天到来之前常有这样的日子:
结实的雪下草地在歇息,
乐观、光秃的树木沙沙作响,
和风温柔,从容有力。
躯体对自己的灵活会感到惊奇,
往往连自己家门你也无法认识,
从前那唱厌了的歌儿,
你又激动地唱起,仿佛它是新的。

1915年

傍晚的天空宽广、昏黄……

傍晚的天空宽广、昏黄，
四月的凉爽温柔宜人。
哦，你迟误了许多年，
可我看见你仍然很高兴。

靠紧点坐在我的身旁，
用快活的眼睛细细观看：
喏，这本蓝色的笔记本，
里面写着我童年的诗篇。

请原谅，我日子过得很悲痛，
太阳也很少使我高兴。
请原谅，请原谅，为了你
我接受了太多的感情。

1915年

我不知道你活着或已死亡……

我不知道你活着或已死亡，——
在大地上可以寻找你，
抑或只能在黄昏的思索中
对逝者开朗地追忆。

一切都属于你：日课的祈祷。
失眠时茫然的热情，
我的一页页白色的诗笺，
还有我眼睛里蓝色的火焰。

没有任何人深印在我心间，
因而没有任何人使我眷恋苦恼，
甚至给我带来痛苦的那人，
甚至爱抚并忘却了我的那人。

1915年

从你的记忆中我抽出这个日子……

从你的记忆中我抽出这个日子,
为了你那微弱、黯淡的眼神可以询问:
在哪儿我见到过波斯丁香,
还有呢喃的燕子,还有小小的木屋家门?

哦,你将怎样地常回忆起
不可名状的愿望那突然的懊恼,
并在陷于沉思的城里寻觅
蓝图上并不存在的街道?

当看到每一封偶然的来信,
当听到微开的门后传出的声音,
你就会想:"喏,她亲自来了,
来帮我增强信心。"

1915年

不是秘密,不是忧伤……

不是秘密,不是忧伤,
不是聪慧毅力的命运——
这一次次地相会,总是留下
内心斗争的印象。

我,从清晨就猜到这一时刻:
当你迈进我的房间,
我感觉到弯曲的双手
针刺似的微微颤抖。

我那瘦长的手指
揉皱了花桌布……
这时候我已经明白,
这寸土是多么可亲可爱。

1915年

给心上人

请别派鸽子给我捎来问候,
烦扰的信函也不必给我书写,
别让三月的风迎面吹拂。
昨天我走进了绿色的天堂,
在绿荫如盖的白杨下,
身体和心灵都安谧恬适。

从这里我望得见市镇,
还有宫院旁的岗棚和宫房式屋舍,
流冰上架着中国式便桥。
两小时多你把我等待——冷得打战,
可你不能离开台阶,
并感到惊奇,多少颗新星闪烁在苍穹。

我像灰色的松鼠跳上赤杨枝头,
像胆怯的伶鼬急急跑过,
我会把你叫作天鹅,
为了使未婚夫不再惧怕

在浅蓝色的旋风雪中
等候亡故的未婚妻。

1915年

暗径盘曲……

暗径盘曲,
细雨蒙蒙,
有人请求
送我一程。
我答应了,可是忘记
认他一眼,
而后来感到不可思议,
当回忆起这一段路。
雾霭飘荡,宛如
香烟千炉。
旅伴执拗地哼着小曲
刺戟我的心,
我记得古老的牌坊,
路到尽头——
在那儿同行者
对我说:"请原谅……"
一枚铜十字架放我手中,
仿佛亲兄弟……

于是,我到处听见
草原小曲的声音。
唉,我似真若梦——
我悲泣,我忧思。
应声吧,我陌生的旅伴,
我在寻找你!

1916年

五月雪

透明的白雪覆盖着
新鲜的草地,在悄悄融化。
严寒的冰冻的春天
摧残着充满汁液的幼芽。
那早夭的样子如此凄惨可怕,
使我不敢憧憬上帝的世界。
我感到悲戚,那是沙皇达维德之所予——
按君主制沿袭下来的世世代代。

1916年

一切都引我对他期望……

一切都引我对他期望:
那海角天涯,黯淡而绯红,
还有圣诞节前夜迷人的梦,
还有复活节的多音响的风,

还有柔美的柳枝,
还有公园的瀑布,
还有那两只大蜻蜓——
在篱笆的锈铁上停住。

于是我不能不相信,
他同我将情长谊深,
当我沿着幽静的山坡
登上热气蒸腾的石径。

1916年

当在无比阴森的京都……

当在无比阴森的京都
我用坚毅、然而疲惫的手
在洁白的信笺上
写下弃绝尘世的绝命书,

湿润的风一阵阵
灌进我圆形的窗,——
我觉得,烟笼雾约的红霞
把天空烧灼得斑斑鳞伤。

我并没有投视涅瓦河,
没有投视光彩熠熠的花岗石,
我觉得——不是梦中
我将见到难以忘怀的你……

但是意外的夜幕
笼罩了先兆庇荫的城市。
为了帮助我脱逃出奔,

浅灰色的暗影满空浮泛。

我随身只带着十字架,
那是变心的日子你所赠予,——
为了让艾蒿的草原花盛香飘,
而风如同塞壬[1]歌音缭绕。

十字架在空廊的雾幕中
护佑我脱离痛楚的妄想,
我一点也不感到恐惧,
甚至当我想起生命的最后时日。

1916年

---

[1] 希腊神话中三首鸟身妖女,相传以其歌蛊惑航海者而使之覆灭。

皇村雕像
——致尼·弗·尼

一片片槭树叶子
飘然飞到幽美的池塘水面,
渐渐成熟的花楸果
使树丛染上血红的斑点,

惊人的匀称和优美,
盘起温暖的双腿,
她坐在北边的岩石上,
凝眸眺望着道路。

我感到纷乱的惊恐,
站在这尊值得赞美的姑娘像前。
渐幽渐暗的夕阳光辉
熠熠闪耀在她的双肩。

我怎样才能向她宽恕
你钟情的赞美的欢乐……

瞧,她愉悦地忧思,
那样美丽地裸露着。

1916年

鼠曲草干枯、粉红……

鼠曲草干枯、粉红。云朵
在明朗的天空粗糙塑成。
这公园里唯一的一棵槲树,
它的叶丛还平淡、纤弱。

午夜以前霞光辉耀。
哦,在我窄小的隐居多么舒心惬意!
最柔情的故事,永远神奇的趣闻,
今天鸟儿们跟我娓娓絮语。

我觉得幸福。可我最亲切的
是缓缓倾斜的林中小径,
微微弓起的简陋木桥,
还有只剩不多时日的命运之终。

1916年

这一会晤谁也没有唱完……

这一会晤谁也没有唱完,
而没有歌唱忧伤也就宁息。
凉爽的夏天降临了,
似乎新的生活已经起始。

天空仿佛石拱
黄色火光在穹窿间充溢,
比生命之本的面包更需要,
我要表达关于天空的唯一话语。

你,给青草满洒上露珠,
用最新的消息复苏我的心灵,——
不是为了欲念,不是为了娱乐,
而是为了人世间伟大的爱情。

1916年

瞧吧，只我一人独自留下……

瞧吧，只我一人独自留下，
空数那凄清的日子。
啊，我自由的朋友，
啊，我可爱的天鹅！

用歌声我不能把你们呼集，
用眼泪也不能使你们归返。
但在傍晚忧伤的时光，
在祈祷中我又把你们怀念。

当致命的毒箭正中要害，
你们中一个人倒下了，
另一个成了凶兆的老鸦，
又对我恣意抱吻。

但常有那样的情况：
当临春冰融时节，
在叶卡捷琳娜御花园，

我伫立在清澈的湖畔,

谛听风车巨翼的拍击声
回荡在蔚蓝的平静的水上。
我不知道,是谁把窗子打开
在阴森黯淡的牢房。

1916年

啊,这又是你……

啊,这又是你:不是钟情翩翩的美少年,
而是粗鲁的,严酷的,倔强的男子汉。
你跨进这所房屋盯着我,
风暴前的寂静使我心慌意乱。
你问我对你做了什么,
说你永远把爱情和命运托付于我。
我背叛了你。这儿我要重说一遍——
噢,假若你有一天能够感到疲倦!
那样死者就会说,惊扰了凶手的梦,
那样天使在致命的刑床上等待死亡。
现在请原谅我吧。上帝教人宽恕。
在不幸的病痛中我的肉体备受折磨,
而自由的精神已安然沉睡。
我记得的只是花园:透笼的,金秋的,温馨的,
还有仙鹤的鸣叫,还有肥沃的良田……
哦,同你一起故乡的泥土对我多么香甜!

1916年

一切都已丧失……

一切都已丧失：无论是力量还是爱情。
在憎恶的城市漂泊的身躯
不受太阳欢迎。我感觉到
我全身的血已完全冷却。

快乐的缪斯的性情我不熟悉：
她筋疲力尽，望了望一句话也没有说，
而把戴着深色花冠的头，
深深埋进我的胸怀里。

只是良心愈益狂乱骇人：
希愿做出伟大的贡献。
我捂住脸，凄楚地回答……
可流不出一滴眼泪，没有任何辩解。

1916年

我过去和现在多么喜爱……

我过去和现在多么喜爱
眺望那铁索拦挡的河岸,
眺望那千百年来
人迹罕至的楼房阳台。
诚然,对于疯狂和快乐的我们,
你是一座令人向往的都城;
但当涅瓦河上迁延着
那特殊的,纯正的时刻,
五月的风吹过
露出水面的柱列,
你——如同一个罪人,看到了死亡前
天堂般幸福、甜蜜的美梦……

1916年

又由于微睡而我被赐予……

又由于微睡而我被赐予
我们最后的群星璀璨的极乐园——
一座洁净的水泉处处喷溅的城市,
金光闪烁的巴赫切莎拉伊。

在色彩鲜艳的院墙后,
在若有所思的水池边,
以愉快的心情我们回忆
宏伟华丽的皇村御花园。

叶卡捷琳娜之鹰
蓦地被认出——就是那一只!
它跌进深邃的峡谷底,
从富丽堂皇的青铜大门上。

为了使离别的悲歌
久久铭记心间,
暗褐色之秋在裙裾下

带来一片片红叶,

并且撒落在石级上,
在那儿我同你告别,
从那儿你走进幽灵之国,
哦,我精神上的慰藉者!

1916年

我一到那里……

我一到那里,苦恼就会全都消散。
料峭的春寒使我心情舒畅。
一座座神秘的,落后的村庄——
不朽劳作的库房。

对这片故土我难以克制
自己平静而又深挚的恋情:
须知新城的每一滴血在我心扉——
如同冰粒在泛沫的酒中。

这无论如何也不能改正,
酷热也无法将它熔化,
不管我开始赞扬什么——
你啊,我文静的,在我面前容光焕发。

1916年

我的命运就那样改变了吗?……
——给尤妮娅·恩萍

我的命运就那样改变了吗?
抑或游戏确已告终?
那些冬日又在哪里——
当我躺下睡觉是在清晨五点多钟?

按新的方式,平静而又严肃地,
我生活在荒草萋萋的河畔。
不论空洞的,还是温情的话语
都不可能倾吐自我的心田。

难以相信,圣诞节期即将来临。
草原还是那么令人赏心悦目,葱绿一片。
阳光辉耀,仿佛温暖的波浪
冲刷着光滑的岸边。

当我远离幸福的时候,
常常感到倦累、慵懒,

就想望那样的宁静,
内心怀着无法形容的战栗,
于是引起我这样的想象:
死后灵魂漂泊迷惘。

           1916年

仿佛白石沉在井底……

仿佛白石沉在井底,
我的深心埋有一个回忆。
我不能也不想克制自己:
它就是痛苦,它就是欢愉。

我觉得,只要近前看我眼睛,
就会立刻看出心窗的映象。
那悲伤的故事使聆听者
变得愈加忧戚和冥思苦想。

我知道,天神把人变为物体,
但却没有扼杀意识。
为了让奇异的忧伤铭记心间,
你就变成了我的回忆。

1916年

第一道曙光……

第一道曙光——上帝的祝福——
掠过可爱的面庞,
微睡的人儿脸色苍白,
却更安详地进入梦乡。

无疑地,苍穹霞光的温暖
犹如甜蜜的亲吻……
先前,我的双唇就是这样
轻触黝黑的肩膀和可爱的嘴唇……

而如今,比逝者更无影无踪,
在我无法慰藉的漫游中,
我唯有以歌声向他疾飞,
并以晨光聊以自慰。

1916年

我没有挂上小小窗帘……

我没有挂上小小窗帘,
请你直视我的房间。
我今儿个非常快乐,
是因为你不能离开。
你尽可把我叫作违规的女人,
尽可把我挖苦怨恨:
我曾为你失眠,
我曾为你苦闷。

1916年

你现在心情沉重而又沮丧……

你现在心情沉重而又沮丧,
放弃荣誉,打消想望,
可对于我,亲爱的,难以矫正,
你愈是阴郁,就愈加动人。

你纵情酗酒,你的黑夜一片污浊,
你都不清楚是醒着,还是在梦中,
但一对血红的眼睛痛苦发青,——
看来,你在酒中并未找到宁静。

你的心只求迅速的死亡,
快快地把命运的延宕诅咒。
西风愈加频繁地
带来你的责备、你的哀求。

可我难道能回到你的身旁?
仰望我祖国苍白的天空,
我只能回忆,只能歌唱,

而你要把我回想都不可能!

岁月就那样流逝,忧伤倍增。
我怎么去替你祈求上苍?
你猜对了:我心中郁积的恋情,
你甚至难以把它扼杀。

1916年

一周来连一句话我也没有向谁说过……

一周来连一句话我也没有向谁说过,
老是在海边礁石上默坐,
我喜欢绿色波浪溅起的水花,
那就像我的眼泪,咸津津的。
时序有春天也有冬天,可不知为什么
我记得的唯有那春天。
夜更温暖了,雪在悄悄融化,
我走出来赏月,
此刻一个陌生人悄声问我,
迎着小松树中的一棵:
"你不就是我到处寻找的她吗?
从童年时代起,她就
如同亲爱的妹妹,使我快乐和忧思。"
我回答陌生人:"不!"
而犹如世界的光把他照亮,
我向他伸出我的双手,
于是他把神秘的宝石戒指馈赠予我,
为了保护我免受爱情的侵袭。

他向我说出祖国的四个标志，
在那儿我们必将重新相会：
海，圆形港湾，高耸的灯塔，
而比其他更不可或缺的——艾蒿……
生活怎样起始，也愿它怎样结束。
我虔诚地回答：我已懂得，阿门！

           1916年

有个声音呼唤着我……

有个声音呼唤着我。
它安慰我说:"来吧,
抛弃你那沉沦和罪恶的地方,
永远离开俄罗斯吧。
我洗去你手上的血迹,
从你心里掏出耻辱,
我会以新的命名,
减轻你的失败和耻辱的痛苦。"
但是我无动于衷,
心情平静地用双手掩住耳鼓,
不让那卑鄙的话语,
把悲哀的心灵玷污。

1917年

黎明时醒来……

黎明时醒来,
是因为快乐夭殇,
向船舱窗外
观赏绿色的波浪,
或者连阴天站在甲板上
裹着轻裘,
倾听引擎的震颤,
脑海中一无所思,
但预感要幽会
我那颗恋慕的星,
由于含盐的水珠和风
变得愈来愈神爽、年轻。

1917年

怀着钦敬沉溺于暗中的友情……

怀着钦敬沉溺于暗中的友情,
如同长着一对黑眼睛的年轻的鹰,
我,仿佛进入初秋的花圃,
迈着轻盈的步子。
那儿开着最后的玫瑰,
晶莹的月亮轻轻颤荡
在浓密的灰云上……

1917年

这很简单,这很明显……

这很简单,这很明显,
这任何人都明白,
你对我毫无情意,
永远也不会把我爱上,
倒是为了什么
我要那样地追求别人?
倒是为了什么
每天黄昏我为你祈祷?
倒是为了什么,丢下朋友
和鬈发的孩子,
离弃亲爱的城市,
可爱的故乡,
像一个忧郁的女乞
在外国首都的街道上我徘徊踟蹰?
啊,我多么快乐地思索,
我一定会见到你!

1917年

我揣度……

我揣度——这儿从未响过
人的声音,
只有石器时代的风
叩击着黑色的大门。
我还揣度——在这苍穹下
只我一人幸免于难,
那是因为我最先
想把致命的毒鸩喝干。

1917年

这些广场多么宽旷……

这些广场多么宽旷,
桥梁陡峭,回声震荡!
晦暗的夜幕在我们上方,
沉重,宁静,没有星光。

我们,形同就木的人,
走在白雪新降的雪地上。
难道不奇怪吗,此刻你我一起
共度生离死别的时光?

膝盖不由地变得软弱无力,
似乎没有可以呼吸的空气……
你——我诗作的太阳,
你——我美好生活的根基。

瞧,黑乎乎的大厦已开始摇晃,
我马上就要昏倒在地,——
如今我并不害怕从昏沉中清醒,
在我乡间的花园里。

1917年

我们不能相互分离……

我们不能相互分离，——
总是肩并肩地走来走去。
天色已经入暮
你陷入沉思，而我默默不语。

我们迈进教堂，看见的是
殡祷、浸礼、婚仪，
我们悄然退出，心照不宣……
倒是为什么我们不也那样举行仪式？

要不我们坐到被践踏的白雪上，
坐到墓地轻轻地叹一口气，
你用小棍画一座宫殿，
我们俩将永远住在那里。

1917年

神秘的春天还懒怠无力……

神秘的春天还懒怠无力,
透明的风在山间游荡,
水深的湖蓝光闪烁——
洗礼者永恒的殿堂。

我们的初会曾使你惊惶,
可我已经在为第二次相会祈祷,
喏,今天又是个炎热的傍晚,——
夕阳低低地沉落在山坳……

你没有同我在一起,但这并不是别离:
每一瞬间对我都是庄严的讯息。
我知道,你陷于那样的痛苦,
我无法说出自己内心的话语。

1917年

别人的俘虏……

别人的俘虏!人家的我不需要,
连自己的那些个我都数得厌倦。
倒是为什么那样快乐,
当看到这副樱桃式的嘴唇?

让他对我又诽谤又污辱吧,
我听见他话语中咭咭哽哽地哼哧埋怨。
不,他无法使我这样去想,
他已迷恋地爱上别个女郎。

我任何时候都不会相信,
在神圣的秘密恋爱之后
会重新惶惑不安地哭和笑,
会把我甜蜜的亲吻诅咒。

1917年

我听见黄鹂那总是悲哀的啼声……

我听见黄鹂那总是悲哀的啼声,
我欢迎奢侈的盛夏的减损,
麦穗波浪般紧密相依,
镰刀却带着阴险的哨声割下它们。

匀称端丽的割麦女的短裙,
宛如节日彩旗在迎风飘舞。
现在最好响起快活的小铃铛的声音,
透过落满尘埃的睫毛使目光久注。

我等待的不是温存抚爱,不是含情诣媚,
纵然预感要降临不可避免的黑暗,
也请你来看一看鸟语花香的天堂,
在那儿我们曾一起度过极乐和天真的华年。

1917年

河水徐缓地顺着山谷流动……

河水徐缓地顺着山谷流动,
丘冈上有一座多窗的房屋。
我们就仿佛生活在叶卡捷琳娜时代:
到教堂祈祷,盼待丰收。
忍受了两天煎熬的别离,
沿着金黄的庄稼地客人驱车来访,
在客厅里他亲切地把祖母的手亲吻,
而在陡峭的楼梯上吻我的嘴唇。

1917年

木桥变得晦暗、弯曲……

木桥变得晦暗、弯曲
牛蒡草长得像人一般高,
茂密的荨麻林飒飒歌唱,
连镰刀也伸不进去,无法闪耀。
黄昏时分声声叹息从湖上传来,
墙上长满凹凸不平的青苔。

在那里我迎接
一九二一年。
热腾腾的黑蜜酒
尝后心甜。

树枝扯破我
白色的绸裙,
盘曲的松枝上
传出夜莺鸣啭的声音。

从巢穴里飞出,——

应着约定的叫声,
宛如羞怯的树精,
却比姊妹更富有温情。

跑着上山,
渡过小河,
可是随后
我不会说:请留下。

1917年

我问布谷鸟……

我问布谷鸟,
我能活多少岁……
松树的尖顶颤了颤,
黄色的光线掉进草丛。
但清新的密林里没一点声响……
我沿着回家的路走,
凉爽的风
轻拂我热乎乎的额头。

1919年

要我百依百顺？……

要我百依百顺？你简直失去了理智！
我只服从上帝的旨意。
我不想战战兢兢，也不愿苦恼不已，
对我来说丈夫等于刽子手，家是监狱。

可是你瞧，我是自愿来的！
腊月已经来到，风在田野上呼啸，
你这小天地里多么明亮，
可窗外已被黑暗笼罩。

在凛冽的冬日里，
鸟儿撞击透明的玻璃，
洁白的羽翼上泛起了血迹。

啊，此刻我沉浸在宁静和幸福里。
别人，沉静的人儿，你接待了我
这个行踪飘忽的人，我将永远怀念你。

1921年

铁栅栏……

铁栅栏,
松木床。
多么甜美舒适,
我再也不必妒忌。

为我铺好床铺,
带着痛苦和哀求;
现在任你漫游世界,
自由自在,上帝保佑!

现在狂乱的言辞
再不会伤害你的听觉,
现在再没有人
点上蜡烛坐待天明了。

我们终于获得安宁,
清心寡欲的生活……
你悲伤哭泣——可我不值得
你一滴眼泪洒落。

1921年

你没有幸免于难……

你没有幸免于难,
未能从雪地站起。
二十八处刺刀伤,
还有五处枪弹的痕迹。
我为朋友缝制了
一件苦痛的新衣。
俄罗斯大地呵,
热爱、热爱这血滴。

1921年

只要我还没有跌倒在篱墙下……

只要我还没有跌倒在篱墙下，
狂风还没有摧毁我，
渴求解救的希望，
仿佛诅咒似的，把我烧灼。

我固执地等待将发生什么，
如同在歌中我发生的事，
沉着地敲几下门，
他白昼不眠，快乐，一如往昔，

进来就说："够了，
你瞧，我也表示原谅。"
再不必恐惧，不必痛苦……
再没有玫瑰，没有天使的力量。

然后在纷争的狂乱中
我保护自己的心，
而离开这一时刻的死亡
我甚至都无法想象。

1921年

你那久注的目光使我疲惫……

你那久注的目光使我疲惫，
我学会了把自己折磨，
你的一根肋骨造就了我，
我怎能不再把你眷爱？

做你快乐的姊妹
是基于古老的机缘，
我是你最甜蜜柔情的女奴，——
狡猾而又贪婪。

可当我温顺地屏息不动，
枕在你那雪白的胸脯上，
多么欢欣啊——你那多年经历
而聪慧的心——我祖国的太阳！

1921年

诽 谤

诽谤处处伴随着我。
它匍行的步声在梦中我也听到,
在死寂的城市的冷漠的天穹下,
碰巧侥幸地踟蹰街头,乞求栖身和面包。
造谣中伤的反光在所有人的眼中闪射,
忽而像阴险的变节,忽而像无辜的惊愕。
我并不怕它。对每个新的挑战,
我都将给予应有的、无情的反击。
但必然的后果我已经预感,——
在朝霞初映时朋友们会来关注,
以号啕大哭惊扰我香甜的美梦,
把精致的圣像放上我僵冷的胸脯。
任谁也不知道那时诽谤却乘隙而入,
它那贪得无厌的嘴在我的血中
不倦地点数虚幻的欺凌,
把自己的声音编进追荐亡者的祈祷。
它那可耻的谵语众人听得分明,
为了让邻人不能抬起眼望见邻人,

为了让我的躯体遗忘在可怕的空虚里,
为了让我的心灵最后一次
飞入拂晓的暗雾,燃起尘世的虚衰,
燃起对留下的乡土的强烈的怜惜。

1921年

大门敞开……

大门敞开,
椴树裸露,显得颓丧,
坚固的凹形墙上
不柔和的镀金层暗淡无光。

教堂和墓穴充满嗡响,
悠广的钟声飘向第聂伯河远方。
马席帕的洪钟
在索菲广场上空回荡。

不屈的钟响愈益威严可怕,
仿佛在这儿对邪教徒处以极刑,
而河对岸的森林里,这渐渐消缓的声音,
使毛茸茸的狐崽分外高兴。

1921年

丢弃国土任敌人蹂躏的人……

丢弃国土任敌人蹂躏的人,
我绝不同他们在一起。
他们粗俗的谄媚我根本不听,
我的诗歌也绝不给他们。

可我永远可怜流亡者,
他们如同囚徒,如同病人。
漂泊者啊,你们的道路黑暗漫长。
异乡的谷物发散着苦艾的气味。

而在这里,在烽火的浓烟中,
我们扼杀余下的青春,
对任何一次打击
我们都不曾回避。

我们懂得,在未来的评判中
每一时刻都将被证明是无罪的……
但是世界上没有人比我们
更骄矜、淳朴和无所忧戚。

1922年

月亮在湖后静止不动……

月亮在湖后静止不动，
仿佛一扇敞开的窗
直通沉寂的、光亮辉耀的房屋，
那儿发生了某种不吉祥的事。

是丈夫的尸体被运回？
是妻子跟情人私奔？
还是可爱的女孩突然失踪，
只有一只小鞋在河湾找到？……

周围一片茫茫。可怕的灾祸
隐隐揪心，我们倏地缄默。
传来角鸮安灵的鸣声，
热风在园中猛吹。

1922年

这儿清幽……

这儿清幽:有簌簌声和脆裂声;
每天早晨天气愈来愈凛冽,
光耀夺目,镶着冰霜的蔷薇
一丛丛弯俯在银白的焰花里。
华美、富丽的雪原幽径
刻着滑雪的橇迹,宛如一种回忆,
恍惚在某个遥远的世纪,
在这儿我们俩曾一起乘雪橇驰骋。

1922年

新年颂歌

月亮孤寂地停留在昏暗的云中,
向房间投进暗淡的月光。
那儿餐桌上摆着六份餐具,
只有一份杯盘中什么也没有放。

这是我丈夫,还有我,
我的三个朋友迎接新年。
为什么我的手指仿佛浸在血中,
葡萄酒烧灼,如同毒液一般?

庄重的、一动不动的主人
把斟满的酒杯举起:
"我干杯,为可爱的林中草地,
我们大家都躺在那里!"

一个朋友看了我一眼,
天晓得他回想起什么,
他扬声说道:"而我为她的歌儿干杯,

我们大家都靠歌儿生活!"

但第三位什么都不懂的人,
这时他离开月光,
仿佛低声回答我的思绪:
"我们干一杯应当为那个人,
他还没有和我们在一起。"

1923年

给一位艺术家

我至今还仿佛看到你的动作,
你的美好的艺术成果:
椴树,永远是秋季的,
你画的湛蓝的湖水,今天还金光闪烁。

难以设想,就连最短暂的微睡
也把我引进你的百花园里,
在每个使我惊异的转弯处,
迷离恍惚中我寻找你的足迹。

我是否走进改观一新的穹隆——
你一手使它变成浩瀚的苍穹,
为的是冷却我那令人嫌恶的热情?……

在那儿我将成为永远安乐的人,
闭上那晒得通红的眼睑,
在那儿我将重新获得泪的馈赠。

1924年

这儿是普希金开始流放的地方……

这儿是普希金开始流放的地方,
莱蒙托夫的流放则在这儿结束了。
这儿山草散发出淡淡的清香,
只有一次我得以亲眼见到
在湖畔,在浓荫如盖的筱悬树下,
在那个临近黄昏的残酷的时刻——
塔玛拉那万古流芳的情人
一对无法满足的眼睛晶莹闪烁。

1927年

假如月色恐怖的阴影摇曳……

假如月色恐怖的阴影摇曳,
整个城市便浸沉在有毒的溶液中。
没有一点微微入睡的希望,
透过浑浊的绿色我看见的
不是金色的童年,不是蔚蓝的大海,
也不是蝴蝶联姻的飞舞
在一片雪白的水仙花上,
在那一九一六年……
而是你坟上的松柏
所永远凝固的环舞。

1928年

从童年起我就钟爱的那座城市……

从童年起我就钟爱的那座城市,
在它十二月的岑寂里,
犹如被我荒唐荡尽的遗产,
如今重新呈现在我的眼前。

一切自然容易到手的,
是那样轻易地被献出:
真挚的热情,虔诚的祈祷,
还有那么美好的第一支歌的歌声——

一切都消逝了,如同透明的薄雾轻烟,
一切都烂尽了,沉没在平静如镜的湖底……
无鼻的提琴手已在演奏
有关"无法挽回"的乐曲。

但是怀着一个异国女郎的好奇心,
每种新奇、诱人的事物都使我迷恋,
我凝视观赏,雪橇怎样疾驰而去,

我还亲切地聆听祖国的语言。

如同清新的气息和神异的力量,
幸福的煦风向我的脸颊吹来,
仿佛亲爱的朋友从开天辟地以来
就同我一起登上了高高的台阶。

1929年

我对你隐瞒了心灵的秘密……

我对你隐瞒了心灵的秘密,

如同把它扔进了涅瓦河底……

我像一只驯顺的、无翅的鸟儿,

生活在你的家里。

唯独……夜里我听到吱喳声。

那儿是什么——在陌生的朦胧中?

无代价的赝制品……

家神的互相呼唤……

小心翼翼地传到跟前,

宛如潺潺流水

灾祸的凶恶的细语

灼热地紧贴耳朵——

嘟哝着,仿佛彻夜不息地

在这儿张罗着什么事情:

"你希望舒适,

你可知道,它——你的舒适,在哪里?"

1936年

黑戒指的童话

一

我从鞑靼族外婆那儿,
收到一件珍稀的礼物;
为此我画十字祷祝,
她却伤心地发怒,
临终前她善良起来,
平生第一次表示懊丧,
深深地叹了一口气:"唉,年纪!
外孙女还这样年轻。"
她原谅了我妄诞的性情,
遗赠我一只黑宝石戒指。
她那样念叨说:"对她合适,
戴着会快活些。"

二

我对朋友们说:

"痛苦多,幸福少"——
蒙着脸离去;
我丢失了这只戒指。
朋友们向我解释:
"你的戒指我们到处寻过,
找遍了海边的沙滩,
找遍了松林的草地。"
有位比别个大胆的青年,
在林间小径把我追上,
他劝说我
等到天色垂暮。
这规劝使我惊奇,
我很生朋友的气,
他的眼光温柔可亲:
"我需要您什么呢?
您只会微笑,
只会相互吹捧,
再就是带来鲜花。"
我吩咐大家离开。

三

我回到自己明亮的房间,
像猛禽似的呻吟,
我倒在床上
第一百次沉入往事的回忆:
我怎样在吃晚饭时坐着,
望着那双黯淡的眼睛,
我怎样不吃、不喝,
呆呆地坐在柞木桌旁,
在绣有花鸟的台布下
我怎样递去黑宝石戒指,
他怎样看了一眼我的脸容,
站起身来走到门庭。
…………

再没有人带着拾得的宝戒到我这儿!
在远方——急驶直飞的那小船的上空,
苍穹开始泛红,
点点白帆纷呈。

1917—1936年

一些人映照在温柔的目光中……

一些人映照在温柔的目光中,
另一些人饮酒直至阳光照临,
而我整夜进行谈判
同自己桀骜不驯的良心。

我说道:"我负起你的重担,
真沉重啊,你可知道已有多少年。"
但是对于良心不存在时间,
对于良心在尘世也没有空间。

又是纳福的黑暗的傍晚,
不祥的公园,从容不迫的奔马,
还有充满幸福和快乐的轻风,
从高耸入云的峭壁迎面吹来。

在我上方站着平静的双角的
证人……哦,往那里,往那里,
沿着古代的变化莫测的道路,
那儿有天鹅和死水。

1936年

庆祝最后的周年纪念吧……

庆祝最后的周年纪念吧——
你要知道,今天确实实
如同我们第一个冬天——那钻石般冬天——
重新骤临大雪纷飞的寒夜。

热气从皇府的马厩滚滚冒出,
洗濯女没入于黑暗中,
月光像是故意渐渐暗淡,
我们要去哪儿——我不明白。

在祖孙的墓冢间
误入迷津的是枝叶蓬乱的花园,
灯笼出殡似地发着光亮,
由监狱的谵妄中露现。

在威棱的海上冰山辟有古罗马练武场,
天鹅群栩栩如生在水晶玻璃里……
谁的命运能和我相比,

如果他心中蕴有欢乐和恐惧。

你的声音萦绕在我的肩膀上,
窸窣颤动,仿佛一只奇妙的鸟。
突然的光芒使雪尘感到温暖,
那么亲切地银辉闪耀。

1938年

所有这一切唯有你一人能识破……

所有这一切唯有你一人能识破……
当不眠的黑暗在周遭翻腾,
那明亮的铃兰的楔子
突入十二月之夜的晦暗中。
沿着幽寂的小径我上你那儿。
而你发出漠不关心的讪笑。
可是密密的针叶林和池塘里的苇丛
回荡着某种奇异的回声……
哦,如果用这声音能把逝者唤醒,
请原谅我,我不能有另外的选择:
我怀念你,如同怀念自己心上人,
我羡慕每个会悲泣的人,
每个会在这可怕的时刻悲泣
那些埋葬在峡谷之底的人……
但我的眼泪已尽,再也没有泪水,
湿润未能使我的眼睛有神。

1938年

冷酷无情的话语……

冷酷无情的话语落在
我那还有生命的胸膛。
没什么,要知道我做了准备。
我会设法抵挡。
今天我有许多事情:
应当把回忆彻底打消,
应当让心灵变成顽石,
应当重新学会生活。
而不是……夏天那气氛热烈的簌簌声
宛如节日莅临我的门庭。
我早就预感到
这日子光辉和人去楼空。

1939年

柳 树

还有那古树的枝干。[1]

——普希金

而我成长在构成花纹的寂静中。
在青春时代冷漠的童年的寂静中。
人的嗓音那时我不觉悦耳动听,
而风的絮语我却明白易懂。
我喜爱牛蒡和荨麻,
但最爱银色的垂柳。
它知感知恩,亲睦地与我
相处一生,那袅娜的柳丝
使我在失眠之夜充满甜美的梦。
哦——奇怪得很!——我活得比它长久。
那儿树桩凸露,另几棵柳树
用陌生的声音述说着什么,
在我们那依然如故的苍穹下。
我只是沉默……仿佛我的兄弟已经逝去。

1940年

---

[1] 摘自普希金的诗《皇村》(1819年)。

在1940年

一

当埋葬时代的时候,
墓地上听不见圣歌,
只能用荨麻和飞帘
把它点缀。
只有掘墓人勇猛地干着,
事不宜迟!
寂静无声,哦,上帝啊,
静得可听清时间如何前进。
而它随后飘然而出,
仿佛尸体漂浮在一江春水之上,——
但是儿子并未把母亲认出,
孙子扭过脸去,沉入忧思。
头垂得更低,
月亮运行着,如同摆轮。
瞧吧,沦亡的巴黎的上空
如今是那么死寂。

二 给伦敦人

时代以冷静的手
编写莎士比亚第二十四部剧。
可怕的盛宴的亲自参加者,
我们远胜于哈姆雷特,恺撒,还有李尔王,
将在铅色的河上高声朗诵;
最好今天就唱着圣歌,执着火炬
把小鸽子朱丽叶出殡送葬,
最好向窗内看看麦克白,
同这个雇佣的凶手一起颤抖,——
但愿不是这一幕,这一幕,这一幕,
这一幕我们实在已经无力朗诵!

列宁格勒首次远射

在人世五光十色的虚幻中
一切都突然变了样。
可这并不是城市的,
也不是乡村的声响。
仿佛远方巨雷的轰隆,
它确乎如同弟兄,
但是雷声中含有
高空冷云的湿润
和草原的热望——
欢乐的豪雨的信息。
尽管这干旱如同烘烤,
它也不愿相信
那惶惶不安的传闻,
明知它怎样扩大和增长,
怎样漠不关心地给我的孩子
带来死亡。

1941年

1941年3月的列宁格勒

明歇科夫房顶按着日晷。
轮船破浪前进。
哦，世界上还有什么我更熟悉，
比这水面辉耀和反光的浪尖！
小巷像缝隙似地黑光隐曜，
电线上栖息着几只麻雀。
在娴熟地反复地闲游
吸闻吹来咸味的风——也没什么不好。

1941年

誓 言

愿今日同恋人告别的姑娘
也把悲痛化为力量。
我们对孩子们、对坟墓起誓：
谁也无法迫使我们屈膝投降！

1941年

死亡之鸟戳在天顶……

死亡之鸟戳在天顶。
谁来拯救列宁格勒?

别在周围喧嚷——她在呼吸,
她还活着,她还在倾听:

宛如在波罗的海阴湿的深渊
她的儿女在梦中呻吟,

如同从深处她发出哀号:"面包!"——
喊声直冲云霄……

但苍天冷酷无情。
从所有窗口看见的——只是死亡。

1941年

勇 敢

我们知道,如今什么东西最可贵,
我们知道,什么事情发生在今晨。
我们的时钟敲响了勇敢战斗的时辰,
勇敢绝不会离开我们。
枪林弹雨之下我们不怕牺牲,
无家可归也在所不惜,
我们要让你永世长存,俄罗斯语言——
伟大的俄罗斯话语。
我们要保持你的自由与纯洁,
我们要拯救你免遭扼杀,
赐给子孙后代,永远流传下去!

1942年

花园里避弹坑已经挖好……

一

花园里避弹坑已经挖好,
严禁灯光。
彼得城的孤儿们,
我的孩子哟!
地洞里呼吸困难,
太阳穴突突跳痛,
透过狂轰滥炸隐隐可闻
儿童那细微的呼声。

二

用小拳头敲敲——我就会开门。
我一向是这样给你把门打开。
我现在在高山那方,
在刮风和酷热的荒漠远方,
但我永远不会把你出卖……

我没有听到你的呻吟。
你不曾向我乞求过面包。
请给我带来一根椴树枝儿
或者干脆带来几根绿色的草茎，
如同你去年春天带来的那样。
还请给我带来一小掬
我们涅瓦河那纯净、冰冷的水，
从你金发闪烁的小脸上
我要洗去残留的血迹。

          1942年

而你们,
我的响应最后号召的朋友……

而你们,我的响应最后号召的朋友!
为了痛悼你们的阵亡,才留给我生命。
在你们亡灵之上摇曳的垂柳不会冷漠,
整个世界都会传遍你们全体的英名。
啊,提什么英名!
须知反正一样——你们与我们同在……
全都英勇无畏,全体!
赤红色的火光迸射!
列宁格勒人重新列队通过弥漫的硝烟——
生者同死者在一起:对荣誉来说,
没有死者!

1942年

三个秋天

夏天的笑容我简直不可解,
冬天里的秘密我没有觅见,
但我几乎丝毫不差地观察了
每年中的三个秋天。

第一个秋天——兴高采烈、杂乱无章,
故意使昨日的夏天生气,
树叶飞舞,宛如小笔记本的零散纸片,
薄雾的气息那样神香、甜蜜,
万物湿润、明亮,五彩缤纷。

披上透笼的衣裳,
白桦树最先跳起舞蹈,
仓促中抖掉瞬息间的眼泪,
越过篱笆洒在了女邻居身上。

但这也常发生——故事刚露端倪。
一秒钟,一分钟——于是就

接踵而来第二个秋天,恬淡一如天良,
阴森悲凄一如空中突袭。

一切都似乎立即变得苍白、衰老,
夏天的舒适被洗劫一空,
金色的管状物从远途行军
穿过芬芳的雾霭飘然移动……

在香气馥郁的寒冷的烟波中
高耸的支柱隐没了,
但狂风突然一刮,又敞开了——
一切都明白无误:悲剧告终,
这不是第三个秋天,而是死亡。

1943年

庄重地同女儿们告别……

庄重地同女儿们告别,
行进中亲吻着母亲,
全身上下穿的是新衣裳,
当他们从军当上了新兵。
没有什么好的、坏的和中不溜儿的……
他们全都据守在战壕,
那儿没有什么先后之分……
他们全都战死在前哨。

1943年

所有亲爱者的灵魂
都在高空的星上……

所有亲爱者的灵魂都在高空的星上。
多么好啊,没有朋友可失去,
没有人可为之哭泣。皇村的空气
有利于使心中的歌重新唱起。

湖边熠熠闪亮的柳树,
轻拂着九月清亮的水面。
从昔日的沉思中苏醒,
我的幽灵默默地迎我走来。

这儿多少竖琴挂在枝头,
我的似乎也有一席之地。
这阵细雨——珍奇的,有阳光的,
对我是一种慰藉和可喜的信息。

1944年

我迎接第三个春天……

我迎接第三个春天,

   在这远离列宁格勒之地。

第三个？可我觉得

   它将成为最后的。

但是直到弥留之际

   我也永远不会忘记,

树荫里的水声

   使我多么欢愉。

桃树繁茂,

   紫罗兰愈益馥郁。

谁敢对我说,

   此处对我是他乡异地?！

         1942—1944年

荒地从右边逶迤……

荒地从右边逶迤,
带着大千世界式彩霞的古时条纹,

从左边,吊架似的排列着灯笼。
一盏、两盏、三盏……

而生物界还需穴鸟的叫声,
月亮死灰色的面容对人间
完完全全没一点用处。

这——在生活中不伦不类,
这——当黄金时代降临。

这——当严酷的战争结束,
这——当我同你相逢的时辰。

1944年

从飞机上

一

一望无边啊一望无际,
盐碱地绵延千里,
羽茅草飒飒作响,
雪松丛林黑光隐曜。
仿佛我平生第一次对她,
对我的祖国放眼眺望。
我懂得:这是我的一切——
我的灵魂,我的身躯。

二

我把这一天标以光洁的白石,
当我歌唱胜利,
当我迎接胜利,
我飞行,赶过太阳。

三

春天的机场上,
青草的脚下簌簌作声,
到家了,到家了——真的到家了!
一切多么新颖,多么熟悉,
心中漾起恬适的慵懒,
头脑甜蜜地旋转……
在生气勃勃的隆隆春雷声中
是胜利者莫斯科城!

1944年

四行诗

金也会锈蚀,钢也会变成粉末,
大理石也会成为碎屑。一切都会毁灭。
人世间最经久不变的要数悲伤,
最长命永生的要数帝王的话。

1945年

胜 利

一

光荣的事业已光荣地开始
在威严的轰隆声中,在雪的粉雾中,
圣洁的躯体在受苦受难——
神圣的国土被敌人玷污。
从那里可爱的桦树枝
伸向我们,渴盼着,召唤着,
强大无比的严寒老人
同我们一起以密集的队形奋勇前进。

二

防波堤上空突然燃烧起第一座灯塔,
这是许多其他灯塔燃烧的前奏,
水兵哭泣起来,脱帽致哀,
他曾伴随死亡、迎着死亡,
在到处是死亡的海洋里漂荡。

三

胜利已来到我们大门口……
我们怎样迎接所期望的客人?
让妇女们把孩子举得高高的,
这些孩子被从千万道死亡线救出,——
我们就这样迎接望眼欲穿的胜利!

1942—1945年

老 师
——纪念英诺凯奇·恩涅斯基

我认为是老师的那个人,
如同影子一掠而过,却没有留下影子,
吃下了全部的毒药,喝下了这碗昏迷汤,
等待光荣,但没有等到光荣,
他是一个预兆,是一个征兆,
怜惜所有的人并为他们而苦恼叹息——
就这样死去……

1945年

追念亡友

胜利之日轻笼着柔情薄雾，
朝霞赤红如同一片火光，
在无名战士墓旁，仿佛寡妇
姗姗来迟的春天默默奔忙。
她跪着双膝不急于站起，
吹醒幼芽，抚摩青草，
让蝴蝶从肩头飞向草地，
让第一枝蒲公英绽开羽毛。

1945年

两周年

不,我绝不为它们尽情痛哭。
它们自己内心里已熔成硬块。
一切都从眼前消失无踪,
早已没有了它们,永远不会再来。

没有它们我陷于苦恼和窒息,
委屈和分离的痛楚把我折磨。
它们那熔化一切的盐分
渗入血液——使我清醒、憔悴。

但我认为:在一九四四年,
莫不是六月的头一天,
你那饱经苦难的幽灵
怎样映现在磨损的丝衫上。

一切还都留有
巨大不幸和不久前风暴的痕迹。
透过最后眼泪的霓虹,
我看到了自己的城市。

1946年

五年过去了……

五年过去了，——治好了创伤，
残酷的战争带来的创伤，
我的祖国，
  还有俄罗斯林中草地，
重新充溢着冷峭的岑寂。

灯塔透过滨海之夜的黑暗
闪亮，给海员指示航向。
航海者从大海远处眺望
闪烁的灯火，就像眺望友爱的眼睛。

在坦克轰隆的地方，如今行驶着和平的拖拉机，
在战火呼啸的地方，如今花园散发芳香，
沿着从前布满坑洼的大道
小汽车如今疾驰飞奔。

在云杉伸出残废的手号召复仇的地方，
如今枝繁叶茂，绿色苍茫，

而在由于别离心碎欲裂的地方，
如今母亲摇动摇篮把歌儿哼唱。

你重又变得强大、自由，
我的祖国啊！
　　但被战火烧成灰烬的年代，
在人民记忆的宝库中
永远会活现出来。

为了年轻一代和平安宁的生活，
从里海到北冰洋，
仿佛从烧毁的村庄上林立的纪念碑，
矗立起一幢幢崭新的城市楼房。

1950年

诗人之死

那独特的声音昨天沉寂,
丛林的交谈者把我们离弃,
他变成供给麦穗的生命,
或已化作歌颂丰收的细雨。
世上所有的花朵,
都为迎接这死期而怅然怒放。
可是刹那间却变得静穆无声
在冠有地球这个朴素名字的……行星上。

1957年

海滨十四行诗

这里一切都会活得比我长久,
一切,甚至那残破的椋鸟窝,
还有这空气,春天的空气,
完成了越海的飞行。

一个永恒的声音在召唤
带着玄妙的不可战胜的威力,
在盛开着花的野樱桃上空
轻盈的月亮流溢着光辉。

看上去是那么容易,
在碧绿的密林里闪着白光,
道路并不显示通向何方……

那儿树干之间更为明亮,
一切都犹如在林荫小道,
在皇村那池塘旁边。

1958年

音 乐
——赠季·季·肖[1]

它的体内燃烧着神奇的火焰,
它的眼角闪烁着宝石般光辉。
就它一个同我纵情倾谈,
当别人都害怕与我相聚。
当最后一个朋友淡然离去,
它却留在墓穴跟我做伴,
它铿锵鸣响宛如第一声春雷,
又如百花园中群芳争荣吐艳。

1958年

---

[1] 苏联著名作曲家肖斯塔科维奇。

请别以严酷的命运……

请别以严酷的命运
和北疆巨大的苦闷让我畏惧,
如今我们的第一个节日同你在一起,
这节日就叫作"别离"。
没关系,如果我们不能迎接曙光,
如果月亮不能漫游在我们上空,
世界上从未有过的礼品,
我今天就要向你馈赠:
在黄昏小溪潺潺低鸣的时光
我的倒映在水面的身影,
我的无能为力的眼神——
无法使流星重返星空,
还有在炎夏清风送爽
我精神不安时所发出的歌声的回音,——
为了你对莫斯科近郊群鸦的谤语,能毫无惊颤地倾听,
为了让十月日子里的潮气
芬芳甜美赛过絮春的愉悦……
我的安琪儿,请回想起我吧,
回想起我,即使到初雪纷飞的时节。

1959年

片　断

……我觉得好像这是星火
同我一起飞翔直至黎明，
可我未能弄清，它们——
这些奇异的眼睛是什么颜色。

周围一切在不停地飘扬、歌唱，
可我不知道——你是敌人还是朋友，
这是寒冬还是盛夏。

1959年

夏　园

我想观赏玫瑰，去那个唯一的花园，
那儿围着世界上最美丽的院墙，

那儿大理石雕像记得我这个青春少妇，
而我也记得它们嬉戏在涅瓦水里。

在芬芳的静谧中，雄伟的椴树间，
我仿佛听到船桅在铮铮作响。

天鹅还如原先那样，穿过世纪浮游，
从倒影欣赏自己优美的风度，

敌人和朋友的，朋友和敌人的
千百万步伐声已僵死般地沉寂。

而庄严行进的坛影林荫一望无际，
从花岗石制的饰瓶到宫殿的大门。

那里我无数不眠的白夜絮叨着
某人崇高而又秘密的爱情。

万物闪耀着珠母和碧玉的光芒，
光亮之源却神秘地隐匿不见。

1959年

三月哀诗

我往年的一些瑰宝,
不幸得很,足够我久久享用。
你自己也明白,它们之中的一半
连凶恶的回忆也无法用罄:
歪斜的小圆屋顶,
乌鸦的聒噪,机车的号叫,
还有仿佛服满刑期、
田野里瘸腿的白桦,
还有《圣经》所载的大橡树
午夜秘密的聚会,
还有从某些人的梦中漂来的
几乎沉没的小船……
晚秋闲逛在休耕地上,
泥土披上了一层薄薄的霜花,
远方全都在不知不觉中
被笼罩上穿不透的混浊与晦暗。
似乎在入冬后
自然万物将永远被横扫一空……

还会有谁再在台阶旁徘徊
并呼唤我们的姓名？
有谁贴着冰雕的窗玻璃
并用手像树枝似的挥动？……
而作为回答，在蛛网的一角
镜子里反射的小日光点不停欢跳。

1960年

回　声

通往过去的路早已被关闭,
如今对我往事还有何意义?
那儿是什么? 是血染的石板,
还是被禁锢的门扉,
抑或是仍不能静息的回声,
虽然我那样地请求……
同这回声发生的一切,
也包括藏在心灵里的东西。

1960年

与所有的诺言相反……

与所有的诺言相反,
从我手上脱下了戒指,
内心里你已把我忘怀……
你不能给我以任何帮助。
倒是为什么在这幽夜
你又把自己的精魂给我派来?
他红黄色头发,年轻端美,
他曾是一个女性,
低声说着罗马,招引去往巴黎,
犹如哭灵妇号啕痛哭……
他再也不能没有我:
让他感到羞耻吧,让他如蹲牢狱吧……
没有他我能够生活。

1960年

乡 土

世界上没有人比我们更骄矜、淳朴和无所忧戚
——1922年

我们不把它珍藏在香囊佩戴胸前,
我们也不为它作诗吟咏赞许,
它不触动我们悲伤的梦魇,
它也不显出像是上帝恩赐的福地。
我们在内心深处不把它当成
可买可卖的物品,
在它身上我们害病、凄然、备受苦难,
对它我们甚至从不忧烦思念。
  是啊,对于我们这是套鞋上的泥土,
  是啊,对于我们这是牙齿间的碎屑。
  我们磨它,揉它,捻它,
  它不跟任何东西混杂一起。
但是最终我们会躺倒在它怀里并变成它,
因此我们才那样无拘无束地称它为自己的。

1961年

瞧,这硕果累累的秋天!……

瞧,这硕果累累的秋天!
它姗姗来迟。
整整十五个美好的春天啊,
我不得不从大地上爬起。
我紧紧地贴向它,拥抱它,
我是那么近地将大地看了个仔细。
大地则把神秘的力量
悄悄地注入我这命定死亡的躯体。

1962年

面对一首未寄出的诗

一阵突然刮起的海滨狂风,
一幢我们并没有居住的房屋,
还有一个朝思夕慕的雪松的影子
映现在被绝对禁止的窗前……
但愿我的所有这些诗行
向人世间某个人致送。好吧!
让嘴唇痛苦地微笑吧,
而心儿却又被战栗触动。

1963年

夜半诗抄（七首）

> 只有镜子梦见镜子，
> 寂静守护寂静……
> ——硬币背面

代献词

我在波浪上漫游，在森林里藏匿，
我在纯净的珐琅上现出身影，
对离别我大概能够应付自如，
可同你相见——却未必能行。

1963年

一 迎春哀诗

> ……安慰过我的是你。
> ——热拉·德·尼尔瓦

风雪在松树间平静下来，

就像酩酊大醉的醉汉一样,
寂静本身如同奥菲丽娅,
整夜为我们歌唱。
而我恍惚见到的那个人,
与寂静浑然一体,
他本已告辞,却又慨然留下,
至死与我守在一起。

1963年

二　初次警告

一切都会化为灰烬,
实际上这于我们会有何妨,
我曾面对多少镜子而生活,
我曾俯临多少深渊而歌唱。
尽管我不是梦,不是欢乐,
更不是什么美满,
但也许你会情不自禁地
常常把往昔怀念——
那渐渐沉寂的诗句的轰动,
那惶惶不安的缄默中的慧眼,

它的深处隐藏着一只

小小的赤褐色的荆冠。

1963年

三　镜子背面

啊，女神，你主宰幸福岛塞浦路斯与门菲斯……
——贺拉斯

美人儿很年轻
但她不属于我们世纪,
她是一个第三者啊,
永远不让你我在一起。
你给她移近沙发椅,
我慷慨地把鲜花分给她……
我们在做什么——自己也不知道,
但我们愈益感到害怕。
我们仿佛刚刚出狱,
彼此了解对方可怕的遭遇,
我们是在地狱的圈子里呀,
也许这不是我们自己。

1963年

四　十三行诗

终于你说话了,
不是像那些人……跪着一条腿——
而是像被俘后逃出的人,
透过不由自主流出的泪水的霓虹
看见白桦神圣的荫覆。
在你周围寂静唱起歌来,
昏暗被明朗的太阳照亮,
世界在一瞬间焕然一新,
酒的味道奇异地变得浓醇。
甚至连我,面临成为
神的语言的扼杀者,
几乎也虔诚地沉默,
为了延长至福安乐的生活。

1963年

五　召唤

我会把你细心地藏进

某一支奏鸣曲。

啊！你怎样惊慌地召唤，

过错已无法补救，

只因为你接近了我，

即使是一瞬间……

你的想望——消逝无踪，

在那儿死亡只是寂静的祭品。

1963年

六　夜访

都去了，可谁也没有回还。

你不会在落叶纷纷的柏油路上

　　　久久地等候。

我和你在维瓦尔第[1]的慢调曲中

　　　将重新聚首。

蜡烛的光又会变得昏黄不明，

---

[1] 维瓦尔第（约1678—1741），意大利作曲家，小提琴协奏曲的创始人。

　　　　被梦幻所求。
但是门闩不会问你，何以走进我
　　　　夜深的小楼。
在死一般无言的呻吟中
　　　　半小时流走，
在我的手心里你会看到那些
　　　　奇迹的滞留。
于是惶惶不安便会成为你的命运
　　　　　引导着你去——
让你离开我的门槛，去到那
　　　　冰冷的极地。

1963年

七　最后一首

它俯临我们头上，宛如大海上空的一颗星，
用光线追寻九级骇浪，
你把它叫作灾难和痛苦，
却从未把它称为欢畅。

白天，它如同燕子在我们面前飞翔，

唇边洋溢着欢乐的笑意,
可是夜间,它便用冰冷的手
将你我窒息,无论我们在哪个城市里。

它忘却了过去的一切罪恶,
不去听任何动听的话语,
只顾在失眠者的枕旁
不停地絮叨那可恶的诗句。

1963年

代后记

在那编造梦的地方
不同的梦未到过你我的脑海,
我们做的是同一个梦,不过
它有力量,如同春之到来。

1965年

我走啊……

我走啊,到无所需求的地方,
只有影子才是最亲密的旅伴,
风从荒芜的花园徐徐吹来,
通往坟墓的台阶呈现在眼前。

1964年

土地虽然不是家乡的……

土地虽然不是家乡的,
但仍永远铭记难忘,
大海里是不咸的,
温柔而冰冷的碧水。

海底的沙比白粉还白,
海边的空气如酒一样醉人,
松树玫瑰色的躯干
裸露在绚烂的晚霞里。

而日暮融在无际的波浪中,
遥望水天难辨,
是白日尽头,世界末日,
抑或秘密的秘密又涌上我的心间?

1964年

霍达谢维奇

当年，在贫病交迫中客死异域的霍达谢维奇（1886—1939），给俄罗斯诗歌宝库留下了一份宝贵的遗产。他的诗被认为具有"伦勃朗式的真实"，其细腻的笔触和主人公的内心活动就呈现在读者面前。这里有在巴黎街头"亦步亦趋，紧紧相随"的"一对一瘸一拐的夫妻"肖像，这里有透过"开向院子的诸家窗户"所观察到的大杂院生活场景，这里有对"浓烈碘酊"腐蚀瓶塞儿的哲理性沉思，这里还有从"虚假的美"走向"生活中的散文"历程的回眸……

霍达谢维奇早期的诗留有象征主义的明显痕迹，后来转向独特的"新古典主义"，这跟他不能理解十月革命有着直接的关系。他的艺术主张是"超越"时代，挖掘生活中和人们心灵中"永恒"的东西。1922年霍达谢维奇离开了俄罗斯，漂泊国外，于1925年定居巴黎。从此他便以更为冷峻的眼光观察生活，把孤独、忧郁、深沉的感受体现在诗中。也许，正是由于他对艺术珍品永葆青春的信念，才使他决心创作一流作品，把异国他乡那可怕的"悲惨世界"和"冷酷地狱"凸现出来。读者在品味霍达谢维奇的诗时，不难发现诗人袒露内心时常常伴随着消沉、颓唐的情绪，细腻的抒情交织着粗犷的叙事。高尔基十分欣赏霍达谢维奇的诗才，认为他是具有"巨大冷峻的天才"的"经典诗人"，是"现代俄罗斯诗人中最伟大的一位"。

霍达谢维奇诗的音乐性，则体现出艺术的"永恒"：即使是在今天，无论时代和社会政治发生怎样翻天覆地的变化，他的诗也会被谱成吉他歌曲，广为流传并深受欢迎，其个中原因大概还在于他的诗能够使善于思考的人们勾起对人类历史的发展和个人命运的淡淡的哀愁。也许，这里也体现出霍达谢维奇抒情诗的艺术魅力。

霍达谢维奇的名字，对中国读者来说比较陌生，这是客观历史原因造成的。到了改革开放的年代，《当代苏联文学》杂志曾在1988年第1期上发表过霍达谢维奇的组诗，引起我国诗歌爱好者的极大兴趣。后来，这一组诗又被花城出版社收进"20世纪外国文学精粹丛书"的诗集《安魂曲》（1992）中。我们深信，不久的将来，霍达谢维奇诗集的中文版必会问世。这是因为，欣赏水平大大提高了的中国广大读者再也不会把政治口号当作诗来读了，也不会把"呓语加怪诞"的所谓"现代诗"拿来欣赏，他们的案头上必会闪耀着古今中外的真正艺术作品的光辉。

清 晨

不,我再也不能往那儿眺望,
    不能瞅那窗口!
噢,此乃痛苦的临终之兆,——
    何必呢,岂不白瞅?

到处都响彻着同一句话语:
    "别离是你命中注定!"
我们小巷里的槭树,叶儿正在泛黄——
    多么富有柔情!

周围没有人语,一片静谧,
    远处还是那不变的天际……
可毕竟啊,有时觉得可怕,
    有时觉得惋惜。

1916年

随 感

风雪漫卷……手套无用,
　　　手仿佛是别人的手——冰冷冰冷。
这样生活岂不怪我——你是那么近,
　　　几乎能触及你的倩影?
我步履艰难地回家,拎着采购的东西,
　　　咳,总算还有一口气。
一切都那么可靠!噢,一点也不脆弱,
　　　梦境般的现实!

路途还很遥远而且痛苦,
　　　手还在酸疼,
但意识却愈益明确,
　　　更相信你之来临。

1916年

每天我都忙于种种事情……

每天我都忙于种种事情，
而置我于不顾的心灵
却独自藏身于密室，
靠充满激情的奇迹维持生命。

我经常匆匆忙忙，急于去乘电车，
或者是埋首于书本中，
突然听到了火的絮语，
我也就闭上眼睛。

1917年

沿街心花园

我身着皮袄,艰难地喘气,在晦暗中行走,
就像一条病鱼游在海底。
电车咝咝地响过一阵,又把星星
向解冻天气那黑色的镜子抛去。

我张开干裂的嘴唇,
贪婪地捕捉潮润的空气,
而从"尼基塔大门"开始,
一少女的幽灵就尾随着我,形影不离。

1918年

布伦塔河

啊,亚得里亚海的波涛!
啊,布伦塔河[1]!……
——《叶甫盖尼·奥涅金》

布伦塔,红褐色的河啊!
人们多少次歌唱过你,
充满灵感的理想
多少次飞向你,
只因为你的名字响亮,
布伦塔,红褐色的河啊,
你这虚假的美的形象!

当年我也曾匆匆忙忙
驾着炽烈爱情的翅膀,
满怀幸福地赶去

---

[1] 亚得里亚海系意大利所在的海域,布伦塔河是意大利的一条河流。诗人引普希金的这两行诗作为题头诗是意味深长的:普希金当年身遭流放,曾希望离开俄国到国外去呼吸自由的空气,霍达谢维奇却只因追求美丽的幻想而导致终生悔恨。

观看你的色泽和闪光,
但却受到苦不堪言地惩罚。
布伦塔,当年我曾凝视过
你那混浊的水流啊!

从那时起,布伦塔,
我就喜欢独自彷徨,
常常是淋着雨诌诗,
湿漉漉的防水布雨衣
披在我凹陷的肩上。
我喜欢生活中和诗中的散文,
布伦塔,就是从那时起。

1920—1923年

瓶塞儿

浓烈碘酊的瓶塞儿!
你竟霉烂了——悄无声息!
人的心灵也正是如此
无人觉察地刺激和销蚀着躯体。

1921年

别尔斯科河口

这里,视野广阔,望得见远方:
小河彼岸是草地,草地后面——森林一片,
这里,暴雨宛如是一排排黑色的柱子,
每每倾泻而下,矗立天边。
这里,彩虹形成高高的穹隆,
笼罩教堂的十字顶,
未婚少女们按教区云集一起,
欢庆自己的每一个节日。

这里,有鹳雀、沼泽、群蛇,
有险峻的沙坡陡堤,
有普通的乡间游戏,
有谈论收成的话题。

而我却以沉重的鞋底
践踏露水晶莹的林边草地,
将彼得堡的漫漫迷雾
藏在我斗篷底下爱抚。

我将疲惫无力的头
俯向姑娘般绯红的玫瑰,
我向它们哈气,——痨病、灵感,
涅瓦河将永远相随。

于是我想:奈何,
这样的法则无可争论,
对天使也好,对人也好,
它来自生命攸关的岁月,来自世纪。

那个卓越的失败者同样如此,
额头上有一颗博学的印记,
他,可说是第一个住别墅的人,
在繁花似锦的大地。

他离开崇高的城府,
来到这宁静的美好玫瑰之谷,
将峡谷的呼吸带在翅膀上,
那翅膀轻如薄雾。

1921年

无论寄托……

无论寄托,无论数落,似乎都不值得:
我们过着简陋的生活。
裁缝在缝制,木匠在建造:
接缝要开绽,屋顶要坍落。

只是偶尔透过这种腐朽
我会突然听到秘跳的脉搏,
一种全然不同的生活
深深地刺激着我。

满怀喜悦的孕妇也正是如此,
一面排遣生活的寂寞,
一面用自己激动不安的手
把笨重而凸起的肚子抚摩。

1922年

在冬季阴沉沉的天气里……

在冬季阴沉沉的天气里,
有一对一瘸一拐的夫妻——
男的提着个小箱子,女者拎着个布袋,
沿着巴黎水洼"地板"一步一步往前挨。
我久久跟在他们后面——
他们来到了车站。
妻子不语,丈夫无言。
有什么好说的呢,我的朋友?
她拎着个布袋,他提着个小箱子……
亦步亦趋,紧紧相随。

1927年

开向院子的诸家窗户

一个讨厌的傻瓜,今天
一大早就在天井里抱怨,
可我没有多余的破鞋可扔——
将这傻瓜驱赶。
……
饭锅、盘子、钢琴响声不断,
保姆们哄着孩子不让叫唤。
一个聋子坐在小窗口面带笑容,
在寂静中他飘飘入仙。
……
一鹰钩鼻子演员面对模糊的窗间镜,
一面写信,一面将肖像吻个不停——
他虔诚地追求真实的表演,
这主人公已是第十六回离开人间。
……
父亲已戴上了礼帽,穿上了大衣,
可他转回身来,脸色与死人无异:
马上要打孩子耳光,

因为他不喜欢葱汤!

……

胡子拉碴的老头儿移动了床,
正欲把钉子钉到墙上,
可来访的客人正在登楼梯,
今天偏偏要把他的工作影响。

……

一个工人躺在簇着鲜花的床上,
眼镜在桌子上,两枚铜币盖在眼上,
下巴缠着纱布,两手交叉而放。
今日冷冻,明日火葬。

……

说得对就是对!不能强行
把女郎拖到床上!
应该先给她读诗,
然后把红酒品尝……

……

水在墙的深处嗡嗡响:
大概,在水管里流不通畅,
永远拥挤,永远在黑暗里,
是那么黑暗,是那么拥挤!

盲 人

盲人用竹竿探路,
迈步小心翼翼,
他摸索着慢慢前进,
还不停地喃喃自语。
在盲人的眼翳上
整个世界都被映现:
房子、草地、奶牛、栅栏,
还有那片片的蓝天——
他所看不见的一切,都在眼前。

在海滨

我躺着,如同一条变形虫,
我眯起了左眼,
凝视搪瓷般的天空,
犹如凝视着脸盆——它全然翻转。

依然是平常的环境,
还是那么点可怜的装潢。
涨潮的浪花滚滚而来,
跑向漫坡的海滨浴场。

一处处密封的更衣棚泛白,
女人的肩膀变得黝黑。
多么庞大的洗脸池!
太阳在怎样漏着热气。

沙滩晒得发烫,
泛白的草儿摇晃,
说活不活,说死不死,

带刺的簇顶引颈向上。

炎热使该隐[1]疲惫不堪,
他从沐浴阳光的人们中间穿过,
沿着沙滩在走,
眉宇间留有"湿疹"一颗[2]。

---

[1] 据旧约记载,该隐系亚当之子,他杀死了自己的兄弟亚伯后,上帝在他脸上做了记号,以示惩罚。今该隐乃叛徒之代称。
[2] 同[1]。

敏斯基

尼古拉·马克西莫维奇·敏斯基（Николай Максимович Минскии，1855—1937），俄国诗人。真姓维连金（Виленкин）。生于维连斯基省格鲁鲍斯基村一犹太人家庭。1879年毕业于彼得堡大学法律系。1880年，他的第一本诗集由于带有自由主义色彩而被沙皇政府书刊检查机关查禁。1884年在基辅《霞光报》上发表了维护"纯艺术"观点的文章《老的争论》，成为颓废派艺术的宣言。1905年，布尔什维克党人曾邀请他担任《新生活报》的正式编辑，以利用他办报的合法身份。后因《新生活报》上刊载以"全世界无产者联合起来"为内容的《工人之歌》和《国际歌》（歌词缩译），敏斯基被控犯有"号召推翻现存制度"罪而遭逮捕，出狱后流亡国外。十月革命后他住在柏林、伦敦、巴黎，曾翻译过荷马的《伊里亚特》以及魏尔伦、雪莱、拜伦、福楼拜的作品。晚年脱离了文学活动，在巴黎去世。他的象征主义诗歌作品曾于1907年在圣彼得堡出过四卷本全集。

浪

你温柔却没有热情,
  温柔而又冰冷,
  你永远是自由的,
  又永远被操纵。

你依恋着岸边,
  慵懒而又妒忌,
  你热爱自由,
  总是向大海的中心跑去。

你诞生于海洋的深处,
  时刻都会消逝,
  你依恋着天空,
  神秘是你诱惑的武器。

你虚幻而又清晰,
  声音传达出你的哀伤,
  你若即若离,美丽无比
  你在近处也在远方……

我是多么地爱你……

我是多么地爱你,
    却不敢倾吐心声,
我担心灌木丛里
    潜伏的轻风会偷听,
若真的偷听了,
    它就会因惊羡而发疯,
旋即跋地而起,
    飓风般升腾天空。

我是多么地爱你,
    却不敢倾吐心声,
我担心幽暗苍穹里
    微微闪烁的繁星,
若真的偷听了,
    会吃惊得呆然不动,
夜幕也将永远悬垂,
    晦暗无始无终——

我是多么地爱你,
    却不敢倾吐心声,
担心我那纯洁的心,
    一直平静于胸,
若真的偷听了,
    会对狂热的爱不再热衷——

后记

"白银时代"是俄罗斯诗歌发展史上的一个独特的历史时期,是突破"现实主义"和"批判现实主义"诗歌传统的"现代派"诗歌繁荣发展的历史时期,可谓"诗人辈出、诗作万千"。这本诗集里所选收的叶赛宁、古米廖夫、阿赫玛托娃、霍达谢维奇、敏斯基五位诗人的诗篇,虽然具有一定的代表性,但远不是所有的精华,只能说是"沧海一粟"。然而,它们却是19世纪、20世纪之交俄罗斯诗歌的一个缩影。无论意象派还是抽象派,未来派还是阿克梅派,都属于那个时期代表俄罗斯诗歌繁荣的"现代派",成为俄罗斯"白银时代"的诗歌标志。